《我们共同走过》丛书 肆

北京大学产业与文化研究所“2015 公益课题”

繁星点点

拥 抱 更 好 的 自 己

郭梓林 / 主编

当代中国出版社
Contemporary China Publishing House

图书在版编目(CIP)数据

繁星点点：拥抱最好的自己 / 郭梓林主编. -- 北京：当代中国出版社，2016. 1

(我们共同走过)

ISBN 978-7-5154-0663-3

Ⅰ. ①繁… Ⅱ. ①郭… Ⅲ. ①散文集—中国—当代 Ⅳ. ①I267

中国版本图书馆 CIP 数据核字(2016)第 004953 号

出 版 人　曹宏举
责任编辑　叶敏娟
责任校对　康　莹
装帧设计　姚　洁
出版发行　当代中国出版社
地　　址　北京市地安门西大街旌勇里 8 号
网　　址　http://www.ddzg.net　邮箱：ddzgcbs@sina.com
邮政编码　100009
编 辑 部　(010)66572264　66572154　66572132
市 场 部　(010)66572281 或 66572155/56/57/58/59 转
印　　刷　北京润田金辉印刷有限公司
开　　本　640 毫米×960 毫米　1/16
印　　张　15.75 印张　1 插页　插图 46 幅　187 千字
版　　次　2016 年 1 月第 1 版
印　　次　2016 年 1 月第 1 次印刷
定　　价　39.00 元

目录

序

上篇

序

践行“三文主义”

郭梓林

2015年10月13日，北京大学公益讲座走进了第500场，与深圳的第100场重合，这的确是一件令人欣喜的事。

为纪念第500场，当代中国出版社紧赶慢赶，终于在国庆节前夕，出版发行了《我们共同走过》系列丛书的前三册:《诗与远方》《春潮如歌》《修行笔记》。能为北大公益讲座的成长留下一批文字，并将这三册书作为第500场的礼品，我和唐岚、庞坤三位作者都感到十分高兴和欣慰。

唐岚为这本书做了前期最琐碎的收集整理工作，全部的素材足足有25万多字。从11月4~19日半个多月的时间里，我开始着手编辑这些文字，从中遴选出13万字，汇集成这套丛书的第四册，并拟定这样一个书名:《繁星点点——拥抱更好的自己》。

北大公益讲座虽然是“无组织、无纪律、无收入”，但志愿者“聚起来是一团火，撒出去是满天星”。借助了微信和网络，大家的心其实很近，交流无成本，分享有收获，都是为了拥有一个更好的自己。这是《繁星点点》的题中之意。

在这册文集中，每一位志愿者都从自身的角度出发，用真实而朴素的语言，分享了自己一路走来的成长经历，展现了北大公益讲座“以修正自己为目的，以帮助别人为途径”的特殊公益形式，为有缘人创造了一个自由而快乐的道场。正是这样一片星光，互相照耀，互相影响，使越来越多的人开始相信：这个平台其实是自己的需要。这份相信就像一扇门，一旦打开，所有的付出，就会从甘愿变为享受，而享受付出，才会有持续的动力。从这本文集的字里行间，可以感受到，有这样一群人，他们抱团取暖，在前行的路上，不再孤独，不再纠结。这也是北大公益讲座走过500场最大的收获。

我们不会忘记：北大公益讲座的第一个百场，用了500天；然后，接下来的200场，我们用了700天，平均三天半一场；从第301场到第500场，只用了500天，平均两天半一场，曾经还达到过一个月开讲21场的最高纪录。

一路走来的坚持，印证了一个不容否定的事实：我们这个社会尽管有这样和那样的问题，但时代的发展和社会文明的进步，是显而易见的。北京777志愿者陈珂学长，是一位有着丰富舆情工作经验的专家，他说过这样一句话：“非政治、非宗教，宽厚、包容，独立之精神、自由之思想，是蔡元培时代北大最宝贵的传统，也是北大公益讲座的安身立命之道。”这些年，正是因为我们坚守了这些最宝贵的传统，北大公益讲座才能活到今天。所以，志愿者在公益路上共同坚守这些原则精神，何其重要！为了自己，为了家人，为了更好的明天。

为什么我们要坚持“非政治”？因为我们不懂政治，政治是一门学问，政治是一门艺术，政治是一种社会担当，是人类社会的专业分工。我们自知没有那个本事，我们只是接受社会分工，从做一个本分的公民开始修行。

为什么我们要坚持“非宗教”？因为我们对宗教知之甚少，也没进行过深入研究，更别说得道，所以，也不愿意卷入宗教之争，只是坚持这样一颗初心：愿意为每一个接受我们课程的生命服务。

为什么我们要坚持“非灌输”？没有智慧，做公益，可能适得其反。因为我们做这件事的目的，只是为了修自己，顺带给人一点“莫须有”的帮助，所以，要放下自以为是，绝不苛求于人，也不强加于人，一切只讲随缘顺便。

北大公益讲座的志愿者，都在第一阶课程中看过电影《宇宙旅行》，我们是一群从银河系回来，已经懂得谦卑的明白人，任何狂妄，任何站在道德制高点的优越感，都是自以为是；任何想以一己之力改变世界的想法，都是颠倒梦想，如梦幻泡影，如露亦如电。

正如《金刚经》所云：“生知：诸法缘生，未见本性，逐相而转，迷而不觉；佛知：缘生性空，有即非有，当体即空，觉而不迷。”

我们不会去抱怨屋子有多黑，因为我们相信，太阳明天还会照常升起，即使太阳出来了，还是没有看到光，我们仍然会问问自己：有没有能力打开一个小洞，让阳光照进来；而且只要心中有光，即使失明也能见着太阳，因为太阳一直都在。

我们只是愿意成为一支蜡烛，我们知道自己并不能把整个屋子全部照亮；我们只是愿意送给这个世界一束微弱的光，以示光明真的存在，这已经很好了，已经不枉此生了。

这就是北大公益讲座为什么提出“非政治”“非宗教”“非灌输”，并坚持“光而不耀”“默默前行”“低调做小”的理性思考。也是今天以及今后，保证我们能够安全并平稳地继续走在这条路上的自我约束。

常常有人会问：“为什么北大公益讲座‘无组织，无纪律，无收入’，却能坚持数年？‘不做广告，不接受媒体采访，不接受捐款’，还能健康成长？”这是因为我们有“文以载道，美文传道，以文修身”的“三文主义”。而志于求道，乐于美文，文质彬彬，是志愿者的一种精神追求。

志愿者的“以文修身”，其实是一个在快乐中共同成长的过程。只要愿意，人人都可以实现这种精神追求。因为，以当下的经济发展水平，享受具有人文精神的生活，其实与金钱和地位没有太大的关系，与文字打交道，成本很低。记得在四十年前，我上山下乡当知青的时候，一张纸，一支铅笔，就可以“以文取乐”，何况现在，大家都有了手机和微信，写下人生的真实感悟，与人分享，确实是一件不难的事情。

让志愿者与文相伴，在分享中提升文化品位，找到自信，找到人文意义上的快乐，是北大公益讲座课程之后的延伸服务。而这种服务，其实是不需要金钱的，需要的是心，是那份对文字有偏爱并乐此不疲的精神状态。

谨以此文，感谢所有在手机和电脑上敲击键盘写下心得的全体志愿者。

是为序。

2015年12月8日

写于北京朝阳区北纬40度寓所

上篇

当一个生命很轻的时候，即使在羊毛地毯上走过，也不会留下痕迹；而一个有重量的生命，即使走在花岗岩上，也会碾出深深的印记。

生命因为对人有帮助，才会有重量。

我们共同走过①

时　间：2015 年 10 月 13 日

地　点：深圳市富临酒店

主持人：唐岚

第一板块　缘起与使命

唐岚：我从 2011 年 2 月 11 日走到这个舞台中央，用了 1341 天，迎来了深圳第 100 场；北京大学公益讲座从 2011 年 2 月 14 日走到今天，用了 1700 天，走进了第 500 场。曾经我们带着梦想，走到了这今天；今天，我们为了梦想，将继续默默前行。下面，就让我们追本溯源，欣赏专题片《梦想的天堂》（播放结束）

唐岚：北京大学，是梦想的天堂。北大公益讲座的志愿者，从一开始就知道：不是现实支撑我们的梦想，而是梦想支撑着我们的

① 根据“北大公益讲座第 500 场暨深圳第 100 场”实况录音整理。

我
们
共
同
走
过

现实。

我记得，北大公益讲座2012年2月11日第一次走进深圳，是第55～57场，这次是第15次邀请讲师团来深圳授课。最初三位志愿者把课程引进鹏城，他们分别是柯言、兴旺、杨成墨。第一次课程结束，深圳就产生了30多位志愿者，现在深圳的志愿者团队已经发展到800多位，深圳也成为北大公益讲座志愿者人数最多的一个城市。

“一念一世界，一叶一菩提”。所有的这一切美好的发生，都源自于当初一个人的一念，因为他，才有了今天我们的因缘聚会。

9月8日，我们在东海花园召开了一个“第500场暨深圳第100场”的准备会议。当时我们在微信群里直播了会议的进展。梓林学长非常兴奋，看到我们的微信后，写下了一副上联：“风雨一杯欢聚酒，鹏城万里秉初心。”后来，我们共进晚餐，只有我们的柯言学长对出了下联：“星云三载圆融路，人间两果记真情。”

让我们用最热烈的掌声邀请深圳001柯言学长。他带来的演讲主题是“认真相信梦想”。

柯言（演讲）：

认真相信梦想

大家好！刚才开场之前，我跟兴旺在门口站了一会儿，找机会给大伙鞠躬。每一次参加北大公益讲座的活动，我们都希望多鞠几个躬。在北大公益讲座学会了鞠躬的美妙，每一次都觉得鞠躬不够，要多鞠几个才好。

梓林学长是001，我也是001。有好多学长见到我跟我说，感谢001的付出。我说，不要感谢我，要说感谢的应该是自己。001是最下面的一个，每一个加入的志愿者，都比我更优秀。在深圳，我们有 800 多位志愿者，正是因为每一个比我更优秀的志愿者的加入，是每一位志愿者的加持，让北大公益讲座这样一件事情在深圳成为现实。现在我们全国志愿者有几千，志愿者的队伍越来越大。你们要知道在每一位志愿者身边，都有成百上千志愿者的加持，跟你们在一起，在为你们加油，在为你们欢呼！

2012 年初，我和兴旺、成墨三个人组织深圳讲座之后，实际上，很快的，唐岚、吕静、庞坤，还有更多的志愿者们，拿起了传播北大公益讲座的接力棒，每个月的讲座和分享会，是他们在组织，他们在分享，他们在推动。但是，今天我想告诉大家的是，自从 2011 年 5 月份，我在北京大学一个 20 人的教室里听梓林学长的课之后，我就没有一天不是在上课，不是在分享，不是在努力。

2011 年听完北大公益讲座之后不久，我就开始设立我自己的投资公司，我投资了农业，搞过房地产，也做化妆品，还收购酒店。去年年初的时候我成立了“疯头会”，是疯狂的“疯”，头脑的“头”，做互联网项目的辅导和投资。去年开始我还进入了环保产业，现在我已经确定以此作为未来工作。我一直在寻找真正属于我的伟大事业，一刻也停不下来。

我们“疯头会”有一句话，叫“认真相信梦想”。一个人有梦想不一定相信，他相信不一定认真，而我们要求自己“认真相信梦想”。现在回过头来看，梓林学长就是那个做到“认真相信梦想”的人，北大公益讲座就是他的终身事业，他一直在前面做着，做给我们看，让我们不能偷懒，不能停下来。

在每一次举办活动的时候，我心里都很忐忑，但每一次都举办得很好。每一次我也都会扪心自问，但是每一次我都发现感动还在。就像昨天，我安静地坐在凳子上，北大公益讲座的音乐响起，我心里还是暖暖的。有这样一份温暖，我希望北大公益讲座永远都停不下来。

其实，一个人激动一下子没什么，但是如果能够一群人一起激动，一起热爱，真的不得了。“大学之道，在明明德，在亲民，在止于至善。”在我的认识里，“明明德”就是一心向善，“亲民”就是与人为善，“止于至善”，就是善行天下，善与人同。一个人的修行不是究竟，大家在一起，才是最好，才是最美。

我在梓林学长身上看到了一样东西，一直在激励我不断去尝试，不断去努力，那就是热爱。我真的热爱生命，我真的热爱我自己，也真的热爱那些跟我一样热爱自己生命的人。

在北大公益讲座，我相信我们在一起，是因为我们大家都那么热爱自己的生命，这样真好，在一起，真好。我真的希望我们能够永远在一起。谢谢大家！

唐岚：感谢柯言学长的真情分享。这个世上，本来就没有路，路是人走出来的。1341 天，100 场，加上近 100 场的分享会，三年多来，深圳平均一个星期都有一次活动。

下面，请看北大公益讲座在深圳走过的道路，全球首播《鹏城万里秉初心——深圳 100 场实录》。

（播放结束。）

唐岚：这部片子的制作者是我们深圳的 155 志愿者谢辉学长。这是他独立制作的一部片，这部片可以说是我们北大公益讲座有史以来记录深圳志愿者成长的最好（不是之一）的作品，大家说，是不是？（观众：是。）

在深圳举办北大公益讲座的第 500 场，是深圳的志愿者争取来的。今天，有这么多来自全国各地和海外的志愿者参加，是我们深圳志愿者的荣幸与骄傲。大家今天身上穿的文化衫，知道为什么是红色的吗？因为这是深圳的市花——簕杜鹃的颜色，别名三角梅，它象征着热情、坚韧不拔、顽强奋进、勇往直前的精神。

下面，我们来做个现场调查，看一看我们在场的志愿者都来自哪里，我们从最远的一个地方说起。首先，来自国外——日本来的学长在哪里？来自北京……大连……济南……南昌……天津……郑州……桂林……赣州……大余……廊坊……石家庄……重庆……好，深圳的学长在哪里？耶！

请借你们的双手，用最热烈的掌声再次欢迎身边的伙伴和自己的到来。让我们给身边的志愿者一个热情的拥抱，告诉他："有你真好！"

有人告诉我：这样的关于生命的公益讲座，非北京大学莫属。我非常认同。我当初就是因为闺蜜的先生——杨成墨——发来的一条短信，一眼看到是"北京大学"的讲座，就来了，我是冲着北京大学来的。

这个讲座为什么是北京大学的公益讲座呢？有请1985年考进北京大学，中央党校硕士、中国人民大学博士、北京000王毅学长，就"缘起与使命"的话题发表演讲，他演讲的题目是"荣耀北大，荣耀自己"。

王毅（演讲）：

荣耀北大，荣耀自己

我相信，每一位志愿者，都和唐岚学长一样，对北京大学充满向往，因为，那是个做梦的地方，是让人在精神上可以过得很幸福的地方。

我曾经在北大中文系待过一年，后来转去读国际关系。但每一次中文系聚会，都会请我去。网上报纸宣传的那位卖猪肉的北大人陆步轩，就是我们中文系的，跟我是同一届。聚会时，陆步轩一上台就鞠躬，说我对不起北大。实际上，他恰恰说反了，因为他活得有尊严，他不需要趋炎附势，他有梦想，有追求，哪怕过平凡的生活，也要有良知，不违背良知地活着。后来还有一个广东养猪的，也是北大毕业，当时北大校长把他俩串在一起，说他卖猪肉，你养猪，整出一条不一样的北大路出来。

北京大学已经不只是一个校园，她的精神已经深深植入我们这个民族的灵魂之中，存在于我们每一个中国人的心里。

到今天为止，北京大学仍然是中国最好的大学。大家都知道，五四运动的两面旗帜：陈独秀、胡适。还有鲁迅，比如刘半农、钱玄同。一部《建党大业》，写的其实就是北京大学的历史。即便是1952年院系大调整之后，历史系、考古系、物理系、数学系、化学系还是很牛，全国召开有关研究会，就是北大人开的研究会。

还有，故宫博物院今年九十周年院庆。故宫博物院是李石曾带着北大的一批同学创立的。

我上北大的时候，有一位先生是坐着轮椅进来的。这就是中国现代汉语的泰斗。那是真正的泰斗，季羡林都不算。在这个问题上季老非常清楚，一再说：我根本不是。如果讲泰斗，王力、朱光潜，包括金岳霖。这位金岳霖先生很了不起。他为什么终身不婚，因为他爱林徽因。林徽因嫁给了梁思成，金岳霖就终身不婚。然后，金岳霖从北大去看林徽因，梁思成悄悄地退出去，让他俩聊天。聊完了以后，金岳霖给林徽因读诗，林徽因睡着了，金岳霖悄悄地关上门，走了。那是真正的贵族啊。

北大是出精神贵族的地方。所以，北大人忧国忧民忧天下。现在又有一批人愿意站出来承担，这就是北大公益讲座的志愿者。北大公益讲座要传承的是什么？是文化传统、道德伦理、学问文章，是要传出中华民族的魂。只要这个魂在，这个民族就在。

中国经历 30 多年的经济发展，现在要完成精神的塑造。我们赶上了一个好的时代，感谢党和政府能让我们在一起，自由地探讨这些纯粹唯心的、唯美的东西。我理想中的北京大学公益讲座，就是传承这些精神、这种美、这种道，这种可说又说不清楚，不说又不行，让人心里向往的事。所以，很多人听一次讲座，回家睡不着觉，很激动。说明讲座涉及了很重要的东西，那个东西碰到人灵魂深处最敏感的部位，那就是儒家讲的良知。良知是宇宙绝对存在的根本，没有良知，人类存活不下来，没有良知，人和动物没有区别。

北大公益讲座的这个理想，是所有向往北京大学的人都能做的事。如果你真正能够发心，愿意站出来承担，你就是北大人！

让我们用自己的做到，去荣耀北大，荣耀我们的祖先，荣耀这个国家，荣耀这个民族，荣耀上帝，最后也会荣耀自己！

唐岚：感谢王毅学长的激情分享，让我们对北京大学有了更深入的认识，也让我们感受到了做一名北大公益讲座志愿者应有的担当。

我来做个现场调查，在北京大学读过书的，包括参加过北大各类培训的学长，请举手。不少，好，谢谢，请放下您的手。那么，从小就向往上北京大学的，请举手。哇，几乎是全部！

能够上北大是每一个中国人的向往，因为，北京大学是全世界最好的（不是之一）的大学。没有一所大学，能够像北京大学一样，在一百多年中，一直承载几亿、十几亿人的精神向往和追求；没有一所大学，能够像北京大学一样，走出一代人，直接改变了一个国家，并影响了整个世界；没有一所大学，能够像北京大学一样，成为一个民族追求“独立之精神、自由之思想”的圣殿；没有一所大学，能够像北京大学一样，以其“思想自由、兼容并包”而成为梦想者的天堂。北京大学就是这样，在每一个人心里，引领着我们走向光明，学会圆融，坚守善良。

请欣赏北京大学公益讲座创办以来，第一部完全原创的MV。这是由北京001志愿者郭梓林作词，北京007志愿者邓柯作曲，北京008志愿者刘胡轶编曲并演唱，上海322志愿者斯韵创作沙画情节，请专业沙画师表演，并完成后期视频制作的最新作品，作为我们北大公益讲座志愿者献给北京大学的一份礼物。片名《就这样》，现在全球首播开始！

（播放结束。）

唐岚：是的，我们就这样：明知自己的力量很微弱，但是愿意去做；我们在做一件“明知不可为，而要去为”的事情；我们对世态炎凉看得清清真真，但我们还是愿意让心中的梦想，高出现实那么一点点，让梦想引领我们在这条公益的路上默默前行，因为，梦，才是最真的现实。北大公益讲座的志愿者，就是这样一群梦想者。在中国的大江南北，已经走过了1700天，并且还将继续坚定地走下去。请欣赏由大连志愿者合唱团演唱的《蓝色志愿者》，这也是全球首播。

（播放结束。）

唐岚：在追求梦想，走向慧命，成就自己的道路上，我们最大的收获，是找回了自己的初心，因为这么多年来，我们的确跑得太快，跑得太远。所以，难免忘记了当初出发的地方，忘记了为什么而出发。

请大家深呼吸一口气，调整坐姿，让自己处于最舒适的状态，闭上肉眼，尝试着打开你的天眼和慧眼，打开你全部的听觉，听听你灵魂的声音，由深圳003志愿者吕静学长朗诵《灵魂的求诉》。

吕静（朗诵）：

灵魂的求诉

此刻，你在吗？这是你的灵魂，踏着音乐的旋律，向你走来，对你诉说——

很长时间了，我一直在追赶着你急促的脚步，可是你，却渐行渐远……

我知道，你已经觉察不到我的存在，就像你觉察不到呼吸的存在；

我知道，你很忙，实在是太忙了，忙到已经把我忘掉了。

可是你知道吗？你为什么有那么多的烦恼，并且与日俱增？

让我来告诉你吧，那是因为，你已经把我忘掉！

曾经，我为你插上了理想的翅膀。可是，你现在迷失到哪里去了呢？你已经把自己弄丢了！因为，你把我，弄丢了。

你在追求什么呢？那是你真正的要吗？

你所做的一切，是你的爸妈所期望的吗？是你的另一半所期待的吗？是你的孩子所期盼的吗？

你能有多少理由，还能有多少冠冕堂皇的理由，可以不顾及他们的期望、期待和期盼呢？生命，是用来创造爱的，不是用来迷失的！

如果连这些期望、这些期待、这些期盼，你都可以忘记，那么，接下来，你还能走多远呢？走得再远，又有什么意义呢？

不要忘记呼吸，它与你同存，不要忘记我，我与你同在。

有呼吸在，生命就在；有我在，生命就绽放光彩。

快回来吧，回到我的身边来吧，生命如此珍贵。让我拥抱你，让我和你在一起，让我永远、永远、爱你。

这是你的灵魂，在向你呼唤，在对你诉说……

你听到了吗？

听到了吗？

唐岚：其实，我们每一个人心中的善，都来自于自然。人法地，地法天，天法道，道法自然。唯人也，得天地之精华而最为灵秀。这个精华，绝不是无常肉体的无限欲望，而是灵魂与肉体统一的精神追求。

善不是学习，而是还原，还原到灵魂真正的渴望。事实上，只要我们安静下来，就可以听到自己灵魂的诉说，了解她一直在深情地呼唤，始终在守望并期盼着你的回归，她从来就没有放弃过……

杨玲（朗诵）：

灵魂的守望

你问我　这条路可有尽头／我说　我会一直陪你走／就算是地老天荒／也会守望你的所有／所有的欲望失望与期望／所有的渴望盼望与希望／而你　在孤独的前行中／还在守望着什么呢／那叶小扁舟已在雾中消失／那朵小红花已随风儿飘走／那次怒发冲冠已不知为何／那场愁云夜雨已付之东流　／喧嚣过后的寂静心海／醒悟之后的蓦然回首／早已忘却浪荡的虚名／从此放下执着的强求／只有纯真的微笑／还会映在春天的桃花沟／只有浪漫的情怀／还会举起金秋红叶的手／你问我　这条路可有尽头／我说　我会永远陪你走／任细雨冲刷往事／任微风带走忧愁／就是这样　从过去到现在／从现在一直到永久／守望你的爱与恨／守望你的所有的所有

唐岚：感谢来自北京的024志愿者杨玲学长的朗诵。在深圳课程的第一场，就是她的这样一个声音，打动了我们。深圳的志愿者曾经说：“杨老师，你的声音会杀人啊！”

2012 深圳的第一场，我第一次听到了她的声音，我的心，就是被这个声音刺穿的，从此跟了四百多场。

稻盛和夫曾说：“人生不是一场物质的盛宴，而是一次灵魂的修炼”，“当生命结束之时，所有的一切都只能留在世界上，唯有灵魂跟着你走下一段旅程”。

北京大学公益讲座提出“文以载道，美文传道，以文修身”，是因为我们相信：物质越是发达，人们越是应该过着有诗意的生活；越是担心生命的短暂，越是不能没有对远方的思考。

北大公益讲座要用诗的语言，来叙说我们对远方的思考；我们要用走向远方的脚踏实地，来创造诗化的人生。

接下来我们休息 15 分钟。深圳志愿者为大家准备了茶歇的点心、水果和饮品，请大家尽情地享用，15 分钟后再见，谢谢各位！

（现场播放原创歌曲《公益行》《依然青春》。）

第二板块　讲座其实是讲做

唐岚：从生命到慧命的过程，其实是一个从迷失到找回自我的过程。刚才，我们已经听到“灵魂的求诉”，了解了“灵魂的守望”。在探寻灵魂深处最幽微的感触时，我们会发现，生命中那些尚未被我们发觉的部分，一直都在。原来，我们愿意帮助别人，甘愿付出，享受付出，是爱在流淌，是爱在带领我们前行。

在听过《灵魂的求诉》和《灵魂的守望》之后，请听《爱的回应》。这是一首以美国电影《教父》主题曲为音乐背景，根据北大公益讲座的理念重新填写的新曲。

Response of Love（爱的回应）

柔声轻诉的细语／紧拥我入你温暖胸怀／感触你的真心／柔情的颤抖阵阵涌起／沉浸在同为一体的世界里／共享合二为一的美妙慧命／光明让生命在夜色里充满温暖／圆融让生命散发着美酒的醇香

柔声轻诉的细语／苍天也在听你的诉说／生命是用来创造爱的／我已经回到你的身边／原来一切是自己／我已经开始走向慧命／原来自己是一切

生命是如此珍贵／我已经听到你的诉说／我已经回到你的身边／让我们拥抱在一起／让我们永远不分离

柔声轻诉的细语／苍天也在听你的诉说／生命是用来创造爱的／我已经回到你的身边／原来一切是自己／我已经开始走向慧命／原来自己是一切／光明让生命在夜色里充满温暖／圆融让生命散发着美酒的醇香

柔声轻诉的细语／苍天也在听你的诉说／生命是用来创造爱的／我已经回到你的身边／原来一切是自己／我已经开始走向慧命／原来自己是一切／我已经开始走向慧命／原来自己是一切

（播放结束。）

唐岚：北大公益讲座的第一阶第一期，只有 30 分钟的演讲、播放电影 90 分钟、播放课程音频 60 分钟。现在删去了电影和音频，完整版第一阶 6 个小时，完整版第二阶 6 个小时。9 月，我们在海南试讲了一二阶连开的《慧命之旅》，已经是 18 个课时。

北大公益讲座最迷人之处，是我们在听完一二阶之后，还只是听到了2%，后面的98%，可以做无限的延伸，它就在志愿者分享和服务的践行中。

深圳012庞坤学长，自从2012年底加入志愿者行列以来，就活跃在各个慧至堂。他用自己的做到，改善了家庭关系、股东关系，改善了与自己的关系。他用自己的两个拇指在手机上写下了20多万字的分享文字，这也是今天大家将要收到的《我们共同走过》系列丛书之三《修行笔记》。下面请出深圳012庞坤学长，他带来的分享是“看见一个更好的自己”。

庞坤（演讲）：

看见一个更好的自己

“看”很复杂，我们每天都在看，每时每刻都在看，都看见什么呢？看到什么你就是什么。你看到对方是狗子自己也是狗子，你看到对方是善或恶，自己就是善或恶。我们二阶课程有两个课件，一个是看“上帝的图”，一个是看“美女的旋转图”。你看到了，未必看见；看见了，未必看清；看清了，未必看懂；看懂了，未必看透；看透了，未必看开。其实，我们看自己是最难的。

因善结缘，感恩深圳的002兴旺学长，我们因游泳相处切磋而认识，他向我推荐了北大公益讲座。自2013年的11月11日在我们罗湖区少儿图书馆的第一场课程（第118场）之后，到现在是35个月零两天，我看到老师、学长志愿者他们那样HAPPY和快乐，我想，我为什么不是这样的人？为什么他们可以做到？这背后肯定有很神奇很奇迹的地方。于是我就一路跟随，到今天为止，我居然可以从台下走到台上，居然主讲了15场的课程，竟然主持了100多场的分享会，甚至跟随了200多场的讲座。没有别的，我就想知道这其中的秘密。

除了上述活动，我在日常生活中，在家里、公司、社区，逮着机会就与人分享北大公益讲座，我想这就是其中的一个做吧。在外面做了那么多，为了什么呢？回到家里，我继续在做给自己看。

首先，我看我自己。在2012年之前的我，最大的爱好就是买房子，岳母曾经跟我开玩笑："你买房子像我买菜一样随便。"我为什么会这样？是因为我有一个特别伟大的父母，因为他们穷，他们没有钱给我，没有房子给我，他们只是告诉我：大了要靠自己。所以，他们让我知道，他们让我看见，我来到这个世上唯一或者说最首先的使命是：改善我的家庭的住房，改善我身边人的住房。所以，经过我的努力，我解决我身边亲人全部人的住房。当然，这也跟他们听我的话有关系。但是，还是没有得到持久的快乐，因为物质有了，他们就不珍惜了，怎么办？我找了个办法。白天用这个命去赚钱，晚上践踏着身体去花钱。有一天，我发现，这不是我要的。所以，我决定跟随北大公益讲座找到背后的快乐，看一看快乐是从哪里来。

再来说老婆吧。我老婆真的非常优秀，她是我们体育系的系花，是唯一一个长得像女人的女生。就这么样一个女人，我把她弄到手了，一路走来，风风雨雨20年。中间的过程都不说了。有一天，我结束了10天的课程回到家里，我发现她看我的时候脸都是黑的。我拼命地赶回家就是有一点愧疚，觉得在外面时间太久，老婆照顾老小太辛苦了。这时，一个念头升起来了："你怎么脸是黑的呢，我们不是讲'光明圆融善'吗？怎么不笑呢？你要知道我刚下飞机，上面有空姐的。两张脸对比，我觉得空姐好。"这时，又有一个声音告诉我："庞坤，你老婆1995年跟着你的时候，她可比空姐还美，你看跟着你20年，你把她折腾成现在这个样子，你看她承担了这么多，你飘荡了这么久，你的心还没有停下来。"于是，我知道了，我看见的那个善的面孔，压住了那个黑的面孔，我想应该去改变，我去热情地抱了我老婆一下并轻轻地说："老婆你辛苦了，对不起，我爱你！"奇怪，她的脸马上就不黑了。

再看看我的母亲吧，我的母亲到现在都没搞定自己的情绪，永远都是自己对。为什么呢？有一天早上七点钟，我哥打电话给我："老弟，赶快过来帮我看着妈。"声音急促异常。早上七点的电话，不正常，肯定有事。我赶快驾车上高速。途中我回拨电话，问哥究竟发生了什么事，他说："我刚才把妈的碗砸了。"我马上提醒："无论如何你赶快给妈道歉，她的性格你见识过的。"他说："你快点吧，我要走了。"我是冲向哥哥住房的，发现哥已经离开了。房间安静，像啥事都没发生过一样。

妈看见我，"过来了？""嗯，妈，吃饭了没有？""吃了。"我看见嫂子躲在阳台角落里。我走过去，第一句话就是"嫂子，对不起，我妈性格强，跟我过去一样"。然后，我告诉妈妈："爸爸在医院，我们还是早点去陪陪他吧。"她说："你哥神经病，给你打了一个电话，然后，就跑过来，突然跪在我的面前，把我吓了一跳。不就是一个 20 块钱的包，找不到了嘛。"我连忙说："妈对不起，是我上次骑车的时候给弄走了，不要怪罪哥哥大嫂。"妈妈说："你太不像话，害得我白生了一场气。"妈妈还是愤怒。我说是我错了。

其实那个包，我是从来没有看见过的。然后，我陪她到了医院，陪啊陪，劝啊劝，中午一起吃个饭，OK 了，我看妈妈笑了，就把她送回家。下午我姐打电话来，说包找到了，在四川家里，是我爸上一次回家带回去的。就 20 元的东西，咳！

母亲是什么？母亲就是我们的过去。"天下没有不是的父母"，百分之一百的接受父母，还要永远感谢父母，看父母不对，就是自己不对。她是错的，我是对的，我还要给她道歉，这就是道德。

再看看孩子，期末考试成绩单发下来，我老婆说："老公你快回来一下，啥事？你大女儿数学成绩，从 90 多掉到了 50 多。"我说："你给我等着。"工作马上就没心思了，冲回了家。当时，女儿和她的同学，在家里打电子游戏，我一声大吼："阳阳，出来！"她瞬间站到我面前，看见孩子嘴唇都在发抖。"你为什么发抖？""我知道你要揍我了！""你怎么知道我要揍你？""我周围考得不好的同学都被揍过了。"

"不能揍！"一个念头升了起来。我们不是要快乐他人吗？生命的"高拷题"：只是快乐自己，还不及格，快乐他人，才可能得满分。只是快乐自己不及格吗？我知道，那一刻我有问题了，因为我的脸已经告诉她我要揍她。

站在台上讲得那么好的人，怎么可能揍人呢？所以我决定不揍女儿了，我们还是讲"光明圆融善"，讲了就要做到。接下来，我找了所有的原因，看了很多书，研究了 10 天，终于看到了一个真实的自己。我跟她妈妈，数学从来没及格过。她妈说：不对，小学考过 80 多分。哎呀，现在还争这个干啥。孩子就是自己的镜子，就是自己的化身，对待孩子，就是无条件的爱。带着条件的付出，最后只是牺牲，不值得。

再看看我的爹吧，我的爹现在傻了，乐傻了，跟我妈过了一辈子，我送给他最珍贵的礼物，最温馨的礼物，就是 2013 年北大公益讲座番禺永乐农庄三阶第 5 期课程留下的温馨画面、温馨分享和温馨图片。所以，为什么说孝要及时，是说你不去做，会没有机会。我爸爸现在因为我的泛滥的孝，孝怎么会泛滥呢？

当我决定成为北大公益讲师的时候，我就说我要让我爸常年的头晕得到彻底解决，于是带他去装支架。结果一装就坏事了，导致我爸爸大面积脑梗死，当时我自责差一点想自杀。幸亏唐岚学长和吕静次日来医院看我，唐岚看到我状态不对，一句话就救了我。她拍拍我的肩膀说："与其自责，不如负责。"

当我看到奄奄一息的爸爸，看到声嘶力竭的母亲，看到垂头丧气的哥哥，看到乱成一锅粥的现象，当时我想算了，不自杀了，没意思，太可怕了。但是，那一刻我转变过来了，我对着镜子看我自己，柔和的脸在哪里？"光明圆融善"的庞坤学长在哪？我天天看我自己，我强忍着笑脸，大家知道吗？整整一年，我从周一到周五待在医院，周六周日在家里，这一年时间我让医院病房变成了家庭，我让病房里面的病友变成了朋友，我让那些所有有缘跟我在一起的人，我都是赞美他们，鼓舞他们，其实我赞美他们的同时是给自己鼓舞。

我爸爸虽然残废了，虽然偏瘫，虽然只有一个笑容，但是我发现他笑得比我还灿烂，因为他始终不说话，就是北大公益讲座说的：用"嗯"来看一切好不好？我妈骂啊，我妈闹啊，随便她怎么闹，他都是笑，这功夫了得。所以，当我们看一切不好的时候，是我们的德行不够，是我们的力量不够，我们看到外在都不好的时候，都是来修我的，是给我从原来不好的自己得以提升和改变的机会，这样看就不一样。

再看看我的组织。有一次某公司董事长打电话给我，说庞总你尽快过来公司一下，我受不了了。我赶过去，一听，其实是一个小事。他觉得副总出他办公室时关门太重，不尊重他。要尊重是什么？要尊重就是要苦吃，在座的还想要尊重的话，一定还有你们受的。我马上问怎么办呢？"你告诉他，给我写检讨书，不然明天就不准上班了。"我到副总办公室，把谈话的情况讲了一遍。副总说："简直在开玩笑，这个我一辈子从来没写过。"聊了好久好久，最后我说怎么办呢，她说："你写，我来签字。"我说："谢谢，那我就写吧。”写好了，递给董事长一看，被批没有诚意。因为是我写的，不是我的事，怎么有诚意啊？重写，写完了，又递交过去。最后，董事长大发慈悲：“这样吧，给副总一次谈判的机会，给庞总你一个面子。”到了外面餐馆，三个小时谈完之后，真的把副总都谈哭了。最后，我大声提醒副总：“你听着，今后董事长讲的话，错了都是对的，都要尊重。”副总连忙说我会的。只见董事长立即把我写的那张检讨书，从裤兜里掏出来，撕了：“庞总，看在你的面子上，就再给她一次机会。”我赶紧说：“谢谢。”要知道，我可是该公司最大的投资人，我凭什么要这样做？因为《组织修炼》的课程里面已经讲过，为了一个共同的愿景，当看到我们伙伴都不好的时候，要共同学习，要深度会谈，谈到无论如何他都要跟我们继续践行共同的愿景。一起学习，一起成长，不就是我们学长的意思吗？学长就要有学长的好样子。

最后，再看看我自己。2012 年，我还是一个很要强的人，今天站在台上的这个庞坤，已经由强变得很弱，这个弱的意思就是温柔、温和、平和。在三阶课程中，我们讨论过，女人坚强的极致是温柔，我觉得男人坚强的极致也可以是温柔。

三年来，庞坤从一个一介武夫、四肢发达头脑简单的人，成为一个出版专著《修行笔记》的人。这本书是我用两个大拇指在手机上敲出来的，总计 20 多万字，出版社选出了 8 万字，写的都是自己的做到。现在我已经开始学习使用电脑了，以便今后继续写。

这所有的点点滴滴，验证了一点：不要讲道理，你做了什么，你感悟到了什么，你的品质有没有提升，就看你下课之后有没有做到。做，才能到。回到生活中，你有没有打回原形，只有你自己知道。当你看别人不好，当你讨厌自己，你知道这个课还有得上。

最后，我只是想说，我这样一个粗人，体育大专毕业，都可以一步一步地让自己的品质变好，在座各位条件那么好，学历又那么高，资源又那么丰富，又那么年轻，自然会比我成长得更快！如果台上这个人都可以做到，在座的各位，你们也可以！谢谢大家！

唐岚：感谢庞坤学长生动、深情、深刻地分享，他在这个台上的说就是他的做，他就是这么一个真实而有爱的人。

北大公益讲座最吸引人之处，是她的广泛性和平民化，只要有一颗向善的心，就可以加入，无分别，无界限。所以有人说：听了这样一个课程，不当志愿者，好可惜；当了志愿者，不跟，好遗憾。到底要怎样跟北大公益讲座？为什么要跟北大公益讲座呢？下面请出济南100刘建新学长分享“愉快地被‘骗’进来”。

刘建新（演讲）：

愉快地被“骗”进来

我在来参加“北大公益讲座第500场暨深圳第100场”之前，还不相信深圳的志愿者竟然有如此的力量，本想来“踢馆”，现在不敢了，只能向你们再鞠一个躬：你们准备工作做得太好了！

跟随北大公益讲座一年半了。我的慧命生日，比唐岚和吕静还要小两岁。我是在2014年2月11日，被我太太和梓林学长联手“骗”进北大公益讲座的。我太太是济南一家著名童装品牌的公司老板。大过年正月初十二，她邀请北大公益讲座到济南开课。我当时对所有的培训一概“敬而远之”，并顽固地认为，没有一家培训机构是真的让我们成长，几乎都是来骗钱的。尤其一听是北大的老师，讲课还不要钱，不可能！我坚决不去。

上午，当志愿者到达济南的时候，太太来电话说：虽然北大公益讲座平时不喝酒，但还没过完年，我们请他们品尝一下红葡萄酒吧。（这是她的精心设计，居然把红葡萄酒“忘”在了我的车子后备厢了），你赶紧给我把红葡萄酒送过来。

本来想把酒送进去就离开，结果看到这老先生还挺和蔼，况且在来的一路上，发现街边饭铺都还没开张，于是我也就坐了下来一起吃。

梓林学长很热情地从兜里面掏出来他的两幅书法作品，说是他自己写的，作为过年礼物送给我，感动得我不得了（后来我才知道，原来听完讲座人人都会有）。

梓林学长接着又跟我说：“建新，你看你这张脸长得圆圆乎乎的，有点儿菩萨相。你这个人如果不来做北大公益讲座，天理难容呀！尤其是你的嗓音这么好，中气这么足，你将来可以做我们的讲师。”这段话，把我深藏的欲望一下子就调动起来了。（后来我听他跟N个人都是这么说的：“你可以做讲师！”）我还是蛮单纯的，就这样，很快被北大公益讲座“骗”进来了。

这一年半来，我几乎拿出一半的时间，跟随北大公益讲座团队，走遍了大江南北，算算也有100多场了。很多已经尘封的梦想，也在追随的过程中，竟然渐渐地实现了。

其实，第一次听北大公益讲座的课程，我坐在最后边的角落里，随时想逃跑，结果还睡着了。后来真正让我开始有兴趣的是，在第二天的分享会上，几位山东大汉的分享，居然泪流满面，说出自己听完课后的感动，我随即拿起手机拍下了他们的分享。

再后来，就跟随着又去了桂林，在桂林陈仕燕学长那里1200人的大型会场，把我震撼了一下。就那一次，遇到了陈珂学长。那天晚上，我是七点到的桂林，住下后，梓林学长让我一起去见陈珂学长，我还蛮自以为是的，什么教授，不搭理他，也无所谓，于是在外面吃了碗桂林米线，然后再大摇大摆地去了陈珂学长的房间。一进房间就被他那个气势、大学者的风范，震住了，一下子就把我贴到墙上，当时，也没有座位，我就直立在玻璃墙的前面，在那愣愣地站着听了一个小时，丝毫不敢插语。

我当时就想：跟随北大公益讲座，还能遇到这样的大学者，将来也许后面还有更大的。这样一路免费游学，真是太值了。就这样，一路再往前走，逐渐地发现自己在北大公益讲座的平台上，还能发挥更多的价值。

尽管梓林学长一再鼓励我当讲师，但后来发现，这并不是对我的偏爱，而对于自己是不是能当讲师，我还是缺乏自信。但梓林学长有一句话蛮打动我的，他说："将来北大公益讲座不能只听我'梓林版'的，还要听'庞坤版'的、'唐岚版'的、'建新版'的……"我想，这才是一个做老师的胸怀，不是要你墨守成规，去背他的东西，只是要你把自己知道和发生的真实故事，拿出来与别人分享，不是用说，而是用自己的改变，自己的做到，走上讲台，成为讲师。

在北大公益讲座，我还有一个梦想，是成为一个导演。2014 年 10 月，庐山三阶 8 期结束之后，我和梓林学长、唐岚学长一起去游览云居山。路上遇到一口井，石碑上刻着名字"智泉"。我们发现井口有一个水舀子，于是我们舀了一勺，每人喝了一口。

喝过"智泉水"之后，我看到田里有一头牛。课程中梓林学长说到他的外公的一句极富哲理的名言："牛不犁田，长着力气干什么？"我们就先拍了几张与牛的合影。然后，我请梓林学长在树林中信步，若有所思地随性说一段话，我用手机拍了一段视频，结果梓林学长和唐岚学长看了很满意。梓林学长接着就说："建新，将来你可以拍微电影啊！"没想到就是这一句话，又把我绕进去了。这一年下来，我已经拍了七八部微电影了。

其实，就在上庐山参加三阶 8 期的时候，有一天我突然接到太太的电话，她告诉我，有个西方心理学的课程，也是讲关于善呀爱呀之类的内容，是在青岛开课两天三夜，收费九万八千元。太太已经帮我报了名。当时，我就在想：如果听完西方心理学课，我就能中西合璧，甚至可以超过郭老师的水平，呵呵，这种诱惑也太大了。当即决定去上课。

但，一个小时之后，认真思考了一下：我现在已经拿出一半的时间，跟随北大公益讲座，哪里有时间再去跟随西方心理学课程呢？实践证明，一门功课如果不跟的话，仅三四天的学习，是毫无用处的。跟随的过程，其实是身教加言教的过程，在坐卧行走之间，感受其他学长的人生态度和理念，才能真正学习到核心，学到根本解。而且一门功课，只有能够靠近创始人，才能掌握到真实的背景与内核，这不是通过外围讲师能够获得的。在北大公益讲座，这两条我都已经具足了，这个课程，已经足够让我听一辈子的了，和这么多的学长高人在一起，有取之不尽的真知灼见，又何必再去贪吃无法消化的内容呢？

我很快就把决定告诉了太太，她表示理解，并且支持我在北大公益讲座继续走下去。

最后，我要告诉大家，我只是济南的一个小服装公司的小老板。在从事企业经营管理的这十几年里，年轻时期的梦想，逐渐被磨平遗忘，有时也会问自己：这一辈子多赚点钱，把孩子教育完成，那后半生做什么呢？不知道，非常非常迷茫。自从跟随北大公益讲座之后，我开始找回了梦想，而且学习和践行“放下自以为是”，通过一年半的努力，用自己的改变，用自己的做到，改善了此前与企业高管和员工的紧张关系，业务也因此以 50% 的年增长速度在发展。公司的一些高管和员工常对我说：“刘总，你就出去做公益，月底回来签工资单就好了。”

我相信，500 场之后，我会在北大公益讲座的平台上发挥更大的作用，找回梦想，实现价值，成就自己。

唐岚：我们看到建新学长自从跟随北京大学公益讲座之后，变得越来越圆融了，你们看看他的下巴、他的肚子，就知道我说的是真实不虚。

自从建新学长来了，我们的服装更加增色，我们也有了微电影，他用摄影机捕捉了大家动情的瞬间，留下美好的回忆。每一次拍摄，他都是任劳任怨。大家知道那个拍摄架子有多重吗？对，对，每次他都是大汗淋漓。所以每回在镜头拍摄结束的时候，我们都会对他说：刘导，你辛苦了！来，我们大家一起来一次。（众人：“刘导，你辛苦了！”）我们期待着这次500场的微电影在不久之后诞生，而且还会有更多的新作品出炉！

时间久了，我们在跟随中发现自己，发挥自己，将自己的爱好和特长一点一点地融入志愿者的服务，在做的过程中，收获一个更好的自己。

在北京，有这样一位学长，位居几十亿资产的国企最高职位35年。他是在第300场的时候，走进了北大公益讲座的课堂，听完课之后他兴奋地抓起一件志愿者服，调头就走，他对敬萍学长喊：“梓林学长知道我，我和他认识好多年了！”就是从那天起，他说他找到了自己的“命业”，之后他的退休生活完全融入北大公益讲座之中。下面邀请来自北京的248志愿者鲁瑞清学长，带来他的主题分享“我的慧命之旅”。

鲁瑞清（演讲）：

我的慧命之旅

大家好！我是来自北京的248志愿者鲁瑞清，今天站在这个台上，心情特别特别激动，为什么呢？500场啊！盼望这一天已经很久了！

2014年5月24日，我第一次接触北大公益讲座。中国有一句俗话："上贼船容易，下贼船难！"我的感受是："上贼船不容易，下贼船更难。"我是第300场才加入的，容易吗？然后，就下不去了，为什么？不想下呀！一年多来，经历了听众、志愿者、预备讲师、助理讲师的过程。可谓收获颇丰！

今天，我和大家分享的主题是：我的慧命之旅——建设和谐家庭的故事。建设和谐家庭，这是我一年多最大的收获。

慧命，是北大公益讲座的重要内容，每次一阶课程，梓林学长都有精彩的阐述。今天，没有太多时间来回顾慧命的全部内容，仅围绕"慧"字的三分之一做点解读。"慧"字，包括上中下三部分。其中，上部是两个"丰"字。按照北大公益讲座的观点，包括两重含义：丰富的知道和丰富的做到。即，知行合一。也可以用佛家的说法，叫"悲智双运"。就是慈悲与智慧，五乘五等于二十五，最大的福报。古语说：半部论语治天下，我们要一个"慧"字求人生啊！

回顾一年多来建设和谐家庭的过程，与大家分享三个小故事。

我与老伴的故事

我和老伴是原来单位同事，相识10年然后相恋3年，结婚成家。婚后生活挺幸福美满，有一个女儿，今年34岁了，已经结婚生子。多年来，我们没有矛盾，但是有差距。后来，遇到了郭梓林，把我们的婚姻关系搞紧张了。因为，我加入北大公益讲座以后，这个差距被迅速拉大。在对待一些事情的看法上，经常说不到一起。老伴一生气就会说："找你的郭老师去吧！"学习创造距离！活生生出现在我的家庭关系中。

怎么办？我不可能再退回来适应她，唯一的办法是让她跟上来。

别光我一个人找郭老师，你也来找吧！首先，我让她参加了一、二阶课程，有些作用，但是不大。机会来了，2014 年 12 月初在北海开三阶课程，我动员她参加。起初，她不乐意，认为年龄大了四天三夜熬不过来。我好言相劝，她才同意买机票。那时，我的腰椎间盘突出已经很严重了，参加北海三阶的学长有印象。乘飞机、听课的椅子，根本坐不住。为了尽快让老伴跟上来，我咬牙到北海陪老伴全程参加了三阶课程。

前面两天，她真的不舒服，到第三天下课后，老伴终于开悟了。那天晚上，我们进行了深入沟通，多年没有过的深谈。彼此都感觉收获很大，包括我自己也“照了一次镜子”。最后，那天上午“幸福的五个层次”课程，把老伴的人生提高到了新的层次。

这里，我想告诉大家：夫妻同修，才能有和谐家庭的基础！

我与孩子的故事

我今年 62 岁，去年初已经退休。职业生涯 44 年，其中，当领导 40 年，再其中当“一把手”35 年。参加 300 场时，梓林学长一句话唤醒梦中人——“放下自以为是！”回顾 40 多年时间，创造的正资产退休时都留给了企业，形成的负资产——“自以为是”全部背回家了。

我老伴在结婚前，就是我的下属，习惯了我的“领导”。女儿出生后就被我“管制”。尽管我非常的“自以为是”，但由于她们的容忍，家庭倒也相安无事。后来，家里又来了一个人——女婿，开始变得不安定了。因为，“老革命遇到了新问题”。

最初我想，4000 人的企业我都管过，还管不了你一个孩子？实践证明，真的管不了！我用尽各种办法，无一奏效。如：写信发邮件，苦口婆心讲道理，人家不爱看；单独喝酒沟通，还是沟不通；发生吵架和冲突，只能加深矛盾。黔驴技穷了！

因为，在我的心目中，孩子就应该孝顺。我给你们创造了那么多条件，为什么不领情？为什么不听话？在三阶课程上，梓林学长讲到“自己和他人”的关系，茅塞顿开。

我把他人当成自己了，有慈悲心而缺乏智慧了。两代人之间那么大的差距，你总把他装在你的模子当中，怎么可能呢？我发现，在父母与孩子之间，权利和义务是不对等的。孩子有孝顺的义务，但父母没有要求孩子孝顺的权力。他，这辈子就是来修我的，我是来成就自己的。他，会帮助我成为一个更好的人。所以，我要真心地感谢他，持续对他好，不求任何回报。

为了避免彼此的尴尬，我用微信的方式，向他检讨我的“自以为是”，主动承担发生矛盾的责任。他也开始有了正面回应。这，也许就是一个好的开端。我相信，以我的力量也许不足以影响他，加上北大公益讲座的力量，或许会使他发生一些改变。即使，他没有达到我心目中的改变，他有自己的道路要走，要把选择权交给他自己。目前，我和老伴都安静了下来，紧张的家庭关系得到根本性缓解。两个孩子（外孙女和外孙子）都在我身边，一家人其乐融融，挺好！

这里，我想告诉大家，只有慈悲心没有智慧的头脑，有时不仅达不到目的，甚至好心会办坏事。悲智双运，五乘五才是最大值。

我与家庭的故事

这里讲的家庭指大家庭，即鲁氏家庭和老伴的陈氏家庭。

今年 6 月 27 日，北大公益讲座第一次来到我的老家——北京市海淀区上庄镇常乐村。我把家里人几乎都动员去听课，现场有好几位家人报名成为志愿者。

7 月下旬，泰山要开三阶。我搞了一个“阳谋”，动员大家庭成员去参加三阶课程，包括妹妹和妹夫、小姨子和丈夫、小舅子等，共 5 位。在说服的基础上，我使用了两个手段：第一，免费，所有费用我负担；第二，旅游，泰山开课前，我先带他们到济南旅游两天。我有既定的其他安排，济南行程结束后就分手了，没有陪同他们参加泰山三阶。

他们参加三阶的效果比我、特别是老伴预想的要好很多。他们普遍都感觉很有收获。在小组讨论中能够发言，还上台分享，主动与各地志愿者合影。因为他们都是普通工人，甚至是下岗员工，从来没有这样的学习机会。回京的第二天，我就组织他们搞了一次家庭分享会，以强化三阶效果。

他们几人中，变化最大的是我妹妹。我妹妹是什么情况呢？典型的贤妻良母型。从 1996 年开始，我父母就和妹妹住在一起。妹妹和妹夫对父母的侍奉十分到位，我们兄弟几个都很感谢他们俩。1999 年父亲去世了，今年 3 月 13 日母亲又去世。几个月来，妹妹始终走不出母亲去世的阴影。精神萎靡，感觉生活没有意思。通过参加课程和三阶，听到梓林学长《去去就来》的诗作，“自我与别人”的关系，妹妹有些开悟了。现在，她的精神状态好了很多。这，让我十分欣慰！

我建立了一个微信群——学长之家。现在全家一共有 11 名志愿者，包括我的女儿和外甥女等。大家在群中进行交流，特别是年龄大的几位，很珍惜这个微信群。梓林学长说：将来你的家庭分享会要对外开放，开放那天，我请大家都去好不好？

这里，我想告诉大家，志愿者承载着和谐家庭建设的重要责任。我是北大公益讲座受益者，真实不虚！

是啊！家庭幸福是个人幸福与社会和谐的必要条件。通过加入北大公益讲座，我找到了走向慧命的道路，即“知行合一”和“悲智双运”。只有“做”，才能“到”。打开慧命之门的密码，也许只有一个字——“做”。我相信，每个人都可以在慧命的旅程中，活得潇洒、开心、幸福，让伟大的生命迸发出绚丽的光彩！谢谢大家！

唐岚：感谢瑞清学长的分享。梓林学长不仅忽悠了我，忽悠了庞坤、建新，对我们说："你应该来做讲师啊！"也忽悠人家60多岁的瑞清学长，而瑞清学长居然一口就答应了。结果他走进了第300场课程。后来，他连续听了一段时间后，告诉我们，他发现北大公益讲座的确是"三无"。但不是我们所说的"无组织、无纪律、无收入"，而是"无知识、无理论、无逻辑"。他说，我越听越糊涂，我真的不知道这个课程应该怎么讲？

瑞清学长就是这么一个很倔的老头，大家知道他是学理工科并且是搞企业管理的，他行事风格大家知道是怎样的吗？一、二、三、四，然后下面分别还有1、2、3、4，他就是这么一个极其认真工整的人。今年8月份，在我们组织的"8月青岛缤纷夏日蓝色之旅"中，瑞清学长居然将我们的课程归纳整理得非常有条理，不仅找到了"理论"，还捋出了"逻辑"。而且他现在也成了最受志愿者尊重的一位讲师。让我们再次用掌声来谢谢他。

北大公益讲座最核心的文化是永远谦卑，因为我们都是银河系回来的人，哪里还敢狂妄，只有脚踏实地地去做才是真实不虚。我们在瑞清学长身上看到了什么是真正的放下，而真正的智慧是足以放下一切。

而放下一切，是为了什么呢？为了修我们的慈悲心和智慧心，我们愿意点燃自己生命的时候，就会发现：在我们的生命里，有一根用慈悲和智慧拧在一起的灯芯，在点燃自己的同时，还要去点燃别人。让我们一起走进光明，学习圆融，发掘善。请听寓言故事《慧命之光》。

今天，为我们朗诵《慧命之光》的是来自深圳的168志愿者贺晓敏学长，这是她的处女秀。所以请大家用热烈的掌声来鼓励她，支持她，邀请梓林学长上台为她点燃“慧命之光”，同时点燃我们心中的那支永不熄灭的蜡烛。

贺晓敏（朗诵）：

慧命之光

这支蜡烛被点燃了，这个生命被激活了，它在燃烧。在它的核心部分，是一根用慈悲和智慧拧在一起的灯芯。这根灯芯在燃烧。它的身体也已经全部融入了燃烧。它坦然而快乐地燃烧着，给周边的世界，送去了光明，送去了温暖。此刻，周边的空气，正在向它靠拢，为它提供燃烧所需要的全部氧气。

一个生命在付出的过程中，已经得到源源不断的支持。这就是宇宙的法则。

这一切，是你此刻真正的看见。

下面，请闭上你的肉眼，请打开你的天眼和慧眼，请打开你全部的听觉。让你的三觉合一，托起你的心，升腾，向上升腾，升向天空，升向太空，升向你可以到达的境界，在这样的一个高度，你已经可以看到生命的全部意义。

生命是为了让你看到这颗心的，生命是用来成就这颗心的。你的心，此刻与浩瀚的宇宙同为一体，你的心本来就是如此博大。现在，你真正看到了人的渺小，更看到了，博大的心量，可以使你的生命变得伟大。

一个有心量的生命，才是你最值得珍惜的财富。

请你记住今天的这一刻，你的生命已经被点燃，这是你最真实的看见。

不论外面的风有多大，不论今后你走到哪里，请你一定记住：

你的生命曾经被点燃过；你是一支有灯芯的蜡烛，这只蜡烛的灯芯是由慈悲和智慧拧在一起的。

生命需要点燃自己，而且需要去点燃别人，找到那些与你同样被点燃过的生命吧，和他们在一起，相互支持，相互再次点燃。

在燃烧中，生命的光和热会给你带来力量，所有的氧气会向你靠拢，大家会支持你，热爱你，让你成为一个更好的自己。让你的生命真正到达慧命，这是你这一生，活着的全部理由。

唐岚：感谢晓敏学长给我们讲这个寓言故事，这个故事一直以来激励了无数志愿者，为了一个更好的自己而默默前行。

北大公益讲座是讲“做”的文化，做到的“做”，做功课的“做”，说我所做，做我所说。在台上的说，就是自己的“做”。爱就是享受付出，这种付出，什么都不为，只是自己证明给自己看：我是一个好人。

学习不是为了创造距离。所以，北大公益讲座的志愿者，在走向慧命的路上，不仅是自修，而且还要承担起带领自己家庭成员一起共修的义务和责任，共同学习，共同成长。

大家都是读过海明威的《老人与海》，下面，我们会送上北大公益讲座的原创作品《小孩与海》。这是一段真实发生的故事。今天的朗诵者有两位，一位是我们的深圳 036 号宋传杰学长，一位是她和庞坤的女儿：深圳的 666 号志愿者庞佳婕学长，有请小阳阳和妈妈一起上台朗诵《小孩与海》。

宋传杰、庞佳婕（朗诵）：

小孩与海

宋传杰：几年前，我第一次到大连。那天早上，我来到海边散步，欣赏大海，仰望大海，遥望大海……

走着走着，我看见一个小孩。那时，正是大潮褪去，沙滩上石头边，在一些坑坑洼洼的地方，有些小鱼、小虾、贝壳、海星没有来得及回归大海，就被撂在大海的沙滩上。

庞佳婕：这个小孩弯下腰，捡起这些小鱼，小虾往海里扔，送他们回归大海。

宋传杰：这一幕，也被前面一个大人看到了。这个大人走过来对小孩说："孩子，你是扔不完的。"孩子头也没有抬，继续捡着，扔着；捡着，扔着，然后说了一句：

庞佳婕："我知道，但是他们很可怜，我要送他们回家。"

宋传杰：这样一个生命对另一个生命的支付，让我的心，感到震撼。是的，我们在这个世界上确实做不了太多；我们在帮助别人的时候，确实非常有限；但是我们这颗心，是这颗心，它在支撑着我们全部生命。

庞佳婕：今天，我终于知道了：为什么我们志愿者服选择了蓝色，因为那是大海的颜色。

选择大海一样的颜色，就是我们要有一份像大海一样的爱。

宋传杰、庞佳婕：只要有这份爱，我们希望每一个被我们遇到的生命，能够活得更好；只要有这份爱，就会让我们的生命，愿意对另一个生命有所帮助；只要我们有这颗心，我们自己的生命就会永远充满光明圆融善。

唐岚：感谢传杰学长和阳阳学长的精彩演绎。在《公益行》中，我们唱道："庞愿满腔，知难为，何必说憔悴。"这件事，是我们的"愿"意。人生不可能事事如意，我们只是力求事事"愿"意。这件事真的是我们的"愿"意，我们是带着"愿"意前行，所有的付出都是值得的，因为那是爱的付出。

有人会问：你们北大公益讲座的志愿者到底信什么呀？我们会回答我们信“真、善、美”，或者说信“光明圆融善”。曾经，我们以“光明圆融善”为上联，征下联，结果北京的 777 号志愿者陈珂学长对出的“求真创造美”最工整。

下面我们休息 15 分钟，大家也可以去见识和讨教一下我们的陈珂学长。

（现场播放视频：《志愿者之爱》《公益之路》。）

第三板块　付出从分享开始

唐岚：孩子是一面镜子，常常用无知的热情做着成年人不以为然的事情。我们花了大半生，可能到最后才会明白，在这个世界上，真正的伟大是单纯，真正的智慧是坦率，真正的力量是温和。

北大公益讲座的志愿者就是这样一群孩子，愿意一直葆有一颗童心，持续不断地一次又一次地默默去做。其实，当我们相信善良的时候，我们是在相信自己……下面请北京 024 志愿者杨玲学长为我们带来她的分享，主题是“相信善良，就是相信自己”。

杨玲（演讲）：

相信善良，就是相信自己

时值秋日，外面的天气已经渐凉，但我站在这里，看到一簇桃红，如怒放的春花，你们是一朵朵绽放的生命之花。

在我来之前，我收到唐岚学长的微信，让我分享的主题是《想念善良，就是相信自己》。我想，想念善良是什么呢？结果她后来告诉我说，是梓林学长用五笔输入法发错了，主题应该是“相信善良，就是相信自己”。

知道错了，但我还是想，没有无缘无故的错。我琢磨，想念善良是什么？想念是一个相一个今，下面是两颗心。原来是通过今天的相，看到了我们的心，是念念不断地想，是我们久远离开了家，是心的呼唤，是想回家。

我今天来到这里，走上台的时候，真不知道要跟大家分享什么，我谈谈我自己的感受吧。当我走进北京机场，当我又走出深圳机场，看到远方流动的一片蓝色，我知道我的心感到温暖，虽然我叫不出每一张笑脸的名字，但是我知道他们是我的家人。

来到这里，我的心情平静而感动，平静因为这里一片祥和，它亲切自然，给我有很深的安全感，这就是家。感动也因为是家，这里有我久别重逢的亲人。

北大公益讲座，对我们每一个志愿者来说是家园，也是学园。但对我来说，我又觉得北大公益讲座它是让我找到了回家的路。回想起北大公益讲座缘起时，每一幅画面都历历在目。

我第一次走进北大公益讲座是因为我儿子，他当年 17 岁，是一名高中二年级学生。北大公益讲座创办时，梓林学长应我的申请，破格接受他成为创始志愿者中最年轻的一位，他就是站在电梯口起初羞于看人、后来阳光助人的北京 011 号志愿者隋旸泽。因北大公益讲座，隋旸泽领悟了“生命不过是拥有一次经历的机会”，从此他突破障碍，提升自信，带着北大公益讲座一颗光明圆融善的种子，展开了他人生不一样的旅程。

现在我儿子在上海对外经贸大学学习，为了把这份爱与更多的同学分享，2013 年他进学校第一件事，就自愿申报加入学校学生会和团委，结果他以北大公益讲座志愿者光明圆融善的样子，再一次得到机会，被两个部门同时录用，并成为他所在加州学院开办十多年来，第一位既进入学校学生会又进入团委的学生。

近两年来，他用“做”践行北大公益讲座的理念，在“甘愿付出，享受付出”中使自己的生命成长。如今，他真的长大了，几年前那个羞涩的小男孩儿已经懂得担当，敢于面对一切，他遇事冷静、大气，为人正气、和气。通过北大公益讲座对隋旸泽的影响，我相信北大公益讲座今天付出的所有努力，到 2040 年一定可以呈现最美好的人间圣境。提到圣境，让我想起我跟随北大公益讲座第一次来深圳，第一场在深圳图书馆市民大讲堂，当我站上讲台，《灵魂的求诉》的伴奏音乐响起，全场那份宁静、专注、肃穆的气息，庄严了我的心，那一次，不仅是北大公益讲座，打动了数百名深圳人的心，深圳这座有爱有活力的城市，也同样打动了我的心！

2012 年 8 月 18 日，第 100 场之后，我暂别了北大公益讲座，因为每个人在修行的路上都处在不同的阶段，我因为身体等种种原因，暂别了这个家，但是我的心一直和大家在一起。真的非常感恩，我从小离开家，一直有漂泊感，我一直在寻找我心中的家。小的时候，有妈妈的家，就是我的家，后来又有了我们自己的家，但是无论走到哪里，你忽然发现你心里的家，不是这个样子，你就越来越迷失。而北大公益讲座，逐渐地让我们再走回属于自己心灵家园的那条回归之路。

最近，我在北京接触了一个老年呵护中心，他们也是一个公益组织，他们纯粹的发心，是去帮助病危临终的那些老年人。当他们的一个志愿者跟我分享的时候，我的心受到震撼。他们到处去寻找经验，如何来帮助这个群体，但是他们通过做的过程，渐渐地明白了：其实是老年人在临终前用自己的生命教会了志愿者如何去重生。

实际上我们在一起，只有真正“做”是有力量的，我们在一起，彼此就是一面镜子，能够让我们的生命得到成长。所以，我想借此机会和大家分享北京十方缘老年呵护中心的理念:“做就好,在就好,爱就好。”

我们北大公益讲座,也是秉承爱的理念,我相信我们每个人都带着这样的一颗爱心,随着我们一片流动的蓝色融入大海和蓝天,把这片爱带到世界的各个角落,让我们永远在一起,爱在一起,谢谢大家!

唐岚:感谢杨玲学长的精彩分享,她每一次的分享,都非常感人。的确,其实我们现在已经明白了,不用等到人生最后一刻,才知道如何去爱,我们可以爱在当下,因为我们从现在就已经在做。

有人曾说,北京大学公益讲座最让人触动的,就是每一位的分享,因为每一次的真实分享,都会带给人不同的感悟。

我记得第一次跟着北大公益讲座去做服务的地方,是海南的华侨中学。为了满足孩子们和我们在一起的那种渴望,梓林学长在讲完一整天课程之后,决定给报名加入志愿者的孩子们开一场分享会。

而那天晚上,最后告别的画面,至今都历历在目。有一位女孩子走到杨玲学长面前,对她说:“我可不可以叫你妈妈?抱您一下好吗?”杨玲学长激动地说:“可以的,孩子!”结果顷刻间,所有的孩子都围过来,叫她“妈妈”。

大家可以想象当时的场景,真的非常感人。到现在我还记得在3月的海口,那个潮湿的夜晚,一群十多岁的孩子,听了一天的讲座,也只不过是几个小时,愿意抱着一个陌生人叫她“妈妈”,愿意把最真挚的感情奉献出来。对,因为妈妈是世界上最伟大的人!

我想看一看现场有多少位是做了母亲的伙伴,请您举手,哇!好,谢谢您,请放下您的手。我想邀请在座最年长的一位母亲和我们讲两句,大家猜得到她是谁吗?猜得到吧,对,就是我们梓林学长的母亲——缪凤现学长,北京076志愿者。

缪凤现（演讲）：

在一起，真好

今天，我参加500场的活动，好高兴，大家在一起真好！这次来深圳，我看到我们这个队伍啊，已经越来越好，实在是太高兴了！大家回去以后，还要有承担，我每次看到我们志愿者，就很高兴，我们穿的衣服都一样，看到你们，我有病都没病了，心里就感到好高兴。光明圆融善！

唐岚：谢谢，感谢郭妈妈的分享！真的是非常感人，每一次她和我们一起出行服务，不管身体如何，她总是带着笑容，坚持到最后一刻。她怎么能听完那么长时间呢，一天三个小时、六个小时，更长的课程一天是九个小时，她都做到了。

所以，人生就是一个惊叹号，人生不只是这样。到了80岁，你是否还愿意付出？是否还愿意上台给陌生人鞠躬？是否还愿意陪着自己的孩子远行？是否愿意把别人的孩子都当成自己的孩子呢？只要去做，人生予取予求。

我认识杨玲学长，已经有了1341天。我认识吕静学长也是1341天，我们被学长们称为“深圳姊妹花”。她也是一位母亲，但是她的公司有过万名员工，现在又在重庆开启了新的分公司。我们知道每一位志愿者在做的过程当中，其实都是家人的成全和支持，相信她有那么多人需要照顾，她做到的会更多。下面让我们邀请深圳003志愿者吕静学长为大家带来她的分享“新的里程，新的起航”。

吕静（演讲）：

新的里程，新的起航

今天是我们北大公益讲座“第500场暨深圳第100场”的纪念

活动，站在这个台上，其实心里面蛮惭愧的，因为梓林学长给我的任务还没有完成。他说：“吕静啊！这次500场了，你跟着北大公益讲座这么久，应该写一篇长文了！”是的，这么久的时间过去，我一直也在思考，怎样来写这篇长文。

我很欣赏梓林学长今年5月份在重庆天坪山给农民开讲以后，写的一篇纪念长文《“纳什均衡”与北大公益讲座》。因为5月23日，当我们在农村讲课时，传来美国著名数学家、经济学家约翰·纳什与妻子遭遇车祸双双不幸去世的消息。我一口气读完梓林学长发表在北大公益讲座微信平台上五篇长长的纪念文章，才了解他创办北大公益讲座的理论依据是出自于“纳什均衡”，这是人类追求和谐社会关系永远的美好目标，也是梓林学长的梦想和追求。

均衡，是博弈论的核心概念，“纳什均衡”指所有局中人的策略，都能满足每一个人的利益最大化，因此，没有任何人有积极性改变自己的策略。在什么情况下能实现“纳什均衡”？怎样可以形成“纳什均衡”呢？梓林学长提出来的这两个问题，我非常感兴趣，我明白学长创立的北大公益讲座，就是在造一个环境，造一个局，用四年多的时间，500场课程，几十个城市，无数的分享会，把我们一群没有任何利益关系的个体聚合在一起，成为局中人。今天我们几百人自愿来到深圳富临酒店，参加一场纪念活动，而这一策略为大家带来多大的收益，我想我们每个人都可以去体会。

回到写长文的话题，其实我最想写的是《北大公益讲座与企业文化》，有了“纳什均衡”理论，有了北大公益讲座的实践，我怎样能在自己的企业里实现“纳什均衡”，用怎样的策略，能让有利益关系的员工们利益最大化呢？梓林学长从1992年就开始研究企业文化，而且有不少这方面的专著。他曾经对我说：“吕静呀，做企业文化，你要利用我哟，免费的，不用白不用。”正是应了这句话，我一直跟随北大公益讲座，不愿离去并且在其中得到了最大的利益。我相信，只要我用心去想“如何让北大公益讲座理念在企业落地”的策略，用心去做，用心去总结，我一定会交出一份满意的答卷，写出一篇有意义的长文！

今天，我还想给大家分享一下我在北大公益讲座里得到的其他利益。第一，我收获了一群挚友。大家可以看到，今天的这场活动完全出自我们唐岚学长的精心策划和组织安排，大家说唐岚学长棒不棒！我非常荣幸能和唐岚学长成为“深圳姊妹花”，我知道，其实我是沾了她的光，心里是非常敬佩她，我之所以要给她的处女作《春潮如歌》写序，因为我由衷地敬佩她的做到，那是我对她真挚感情的表达！

今天，大家看到我们“深圳100场”的视频，有一张我们几个开筹备会的照片，我也只是出了费用就跑去了美国，直到今天，这个活动举办得如此热烈典雅，全都是我们唐岚学长的精心组织和悉心安排，其实她的做到，让我们几位学长都比较惭愧吧，是不是？这两天听到她声音哑了，很心痛！今天碰到唐爸爸和唐妈妈在电梯里面，讲起她前一段时间为写这次活动的文案，每天工作到深夜，唐妈妈更是因心痛女儿而流下眼泪。我今天看到这么一本厚厚的《主持人语》，用心之致，用功之深，可见一斑。所以，我对老人家说：“这样的女儿，真是你们的骄傲啊！”

在北大公益讲座的平台上，（我）还认识了柯言、兴旺、庞坤等学长，他们为人正直，在各自的工作中都有所建树，都是我学习的榜样。还有程波老师、陈柯老师，不厌其烦地教导我们，教朗诵、教学习，那真叫诲人不倦啊！

收获这些老师和朋友，真是一笔价值连城的财富，这是心灵的富足。其实我对交朋友方面是有障碍的，跟唐岚没接触多久，我就跟她讲过，我是不愿意交朋友的。因为我小的时候比较封闭，妈妈就不让我出去玩，只可以在家学习，待在家里封闭的环境中成长的我，在性格上多少留下了一些缺陷。长大后，因为要独当一面，迫于无奈才慢慢开始学习与人相处。

我发现，在北大公益讲座交友，是最轻松的。在这个环境中，没有权力之争，没有利益诉求，只有平等相待，想办法去付出，只有关爱和互助，单纯、简单、朴实、真诚，与北大公益讲座志愿者交往最让人喜悦的！俗话说“近朱者赤，近墨者黑”！谁又想生活在尔虞我诈、钩心斗角的环境中呢?

第二点，想谈谈文化。我是1996年随先生一起来到深圳，开始创业打拼做企业的。我没有上过大学。这在我的心里，也是有一道无形的阴影，总觉得自己不如别人。而认识梓林学长后，从他的经历中我找到了自信。他的经历给了我莫大的鼓励。他曾经对我说：“正因为我们没有上过大学，所以我们要到北大公益讲座当讲师！”他一再鼓励我拿起话筒，主持分享，朗诵诗歌，并“逼”我多写文章。每当繁忙工作之余，熬夜写完他布置给我的文章，我流着泪，在第一时间把自己的作品发给梓林学长，与他分享内心的喜悦。梓林学长回复说：“这个哭就是笑的极致！”就这样，梓林学长一直不断地鼓励着我，是他给了我这种追求文化品位的自信，满足了我渴求文化、展现内在品质的愿望!

还有陈珂老师，我还清楚记得那一幕：他在机场候机厅给我们几个志愿者指导学习《古代汉语》，这也激发了我们对传统文化的学习兴趣。现在我一直都在看这四册书。有名师指点就是不一样，其实学习方法很重要。陈珂老师告诉我们：“这四册书要倒着看，从第四册开始看，从简单的，短小的诗经、唐诗宋词来看，先欣赏诗歌，培养兴趣，然后来再往前面学习历史，这样学《古代汉语》，会有明显的进步。”有了老师在前面做指引，我们在后面，听话照做就好，做一个有深度、有厚度的人，展示由内而外的品质和魅力，才能够让自己的生命更精彩！

第三，在北大公益讲座收获的是美。北大公益讲座的五项原则中，有一项是尽善、尽美、尽心。所以这是一个提升审美能力的道场。梓林学长在第二阶的课程中，常提到：女人最优秀的品质之一是“审美”，能看到美，能够有一双发现美的眼睛，这是作为女人的福气。刚才梓林学长还对我说：“吕静跟你在一起真好，你怎么那么会笑！”其实对女人来说，不管你长得怎么样，只要你会笑，无论在生活中，还是在照片里，你都是最美的。

这段时间，我和女儿去美国选择她的高中学校。我发现，虽然我在语言方面，还不能和外国老师进行深入的交流和沟通，但他们的笑容给我留下了深刻印象，那么和蔼、那么有亲和力，听不懂说什么，也会很舒服。我去了美国四所高中，几乎碰到的每一个人，都会以灿烂的笑容跟你打招呼。所以，一个“美”字，体现的是一个人的品质和追求。这就是为什么大家对陈珂老师给“光明圆融善”对的下联“求真创造美”给予了高度赞赏的原因，生活中不能没有美，人生不能离开美。这也是我愿意追随北大公益讲座的重要原因。就是想让自己更美。还有我们的唐岚，其实她的生活很简单，她简约的装束，落落大方，是我所欣赏的，她也是一个有品位的女人。

大家有没有发现，今天我们播放的北大公益讲座的视频，是不是越来越美，越来越追求精致？我相信大家都愿意在生活中不断地发现美，创造美，以美来传递爱，以我们的笑容感染和影响身边的每一个有缘人！从而使我们的生活，更加美满，更加圆融。

今天是北大公益讲座值得纪念的一天，我们在这里一起回首往事，畅想未来，新的里程，新的启航，祝福在座的每一位志愿者，愿大家的生活永远甜蜜、幸福安康！

唐岚：非常感谢吕静学长的分享。她很真实，位居高位，统领着近万人的企业，仍然愿意抽出时间来为陌生人做毫无功利的服务，贡献自己的资源来传播北大公益讲座。这些年来，深圳每一期的分享会，找的都是公益的场地，是不花钱的场地，吕静学长在里面其实做了很大的付出，深圳所开的这100场课程，其中超过50%是吕静学长的相关资源。当我们俩一起去推广课程的时候，对方都会很惊讶，这个企业家为什么是这个样子？为什么笑得这么灿烂，这么纯真无邪呢？她真的是用自己的做到，影响了一大批的有缘人。

下面让我邀请深圳002志愿者兴旺学长，就是兴旺发达的兴旺。梓林学长曾说过：做讲师要“胆大脸皮厚”。我们兴旺学长正是因为具备了这样一种品质，才认识了梓林学长，并走进了北大公益讲座。

那是2011年12月30日北京的一场高端报告会，现场听众有3000人。兴旺花了五万元，获得了坐前两排的资格。最后一位演讲者的讲演让他感到前所未有的震撼：宏观经济的报告会上，主讲人居然让关灯，朗诵散文诗《灵魂的求诉》。而且因为会议组织上的问题，最后一位主讲人上台时，已经是12：40，过了会议安排的吃饭时间。主讲人一上台就说：“感谢主持人把最具挑战性的时间安排给我，我知道，这是求知欲与食欲剧烈冲突的时段……”30分钟的演讲，八次鼓掌，兴旺学长被感动了。这位主讲人，就是梓林学长。

散场时，兴旺学长尾随其后，直接坐在了宴会厅的主桌上，与梓林学长一番交流，一番表态，就被忽悠到了北大公益讲座，成为深圳的002志愿者，参与主办了深圳的第一场北大公益讲座。下面，我们听听他的分享，主题是“因缘具足”。

兴旺（演讲）：

因缘具足

尊敬的各位志愿者，大家好！感谢主持人给我这个分享的机会！

我想，今天来的每一位都是有福报的人。因为北大公益讲座是讲慧命的，把智慧的“慧”和生命的“命”这两个字放在一起，叫“慧命”，这是我们北大公益讲座的专利；然后，又把光明、圆融、善变成一个字，书法作品：光明圆融善！这也是我们北大公益讲座的创造！

首先，我和大家先分享一下我跟梓林学长的结缘。那是在2013年12月31日的晚上，我当时在北京参加一个3000多人的企业家高端论坛。报到时，组委会的人告诉我：如果你坐在后边就一万元，坐在第二排就是五万元。我问：坐在第二排有什么好处？组委会的人说：第一排都是导师，坐在第二排你可以跟那些导师交流啊。我说：“可以啊。”现在想来，这是我这辈子最英明的决定之一了。

于是，我用五万元坐到了第二排。坐在第一排的人都是谁，我就不说了，反正是当年中国顶级的经济学家和企业家，我们经常可以在画报上、在电视上看到的那些牛人，上了讲台，个个激情澎湃，每个人都超时。梓林学长本来是安排在11：20演讲，可是，轮到他的时候，已经12：40多了，大家已经是饥肠辘辘。

梓林学长在稀稀拉拉的掌声中走上讲台，第一句话就把我打动了。梓林学长说：“在座的企业家们，首先我要感谢主持人把这么具有挑战性的时间给了我，现在是大家求知欲和求食欲冲突的时刻，也是对我的一个考验……”他的一开口，就吸引了我，我觉得这个人太幽默了！再听到后来，就是对郭老师特别钦佩，最后，他居然在讲台上，朗诵了一首诗歌《灵魂的求诉》，就是这首诗深深地打动了我，让我意识到我要跟随这个人。所以，在梓林学长演讲完以后，我们去宴会厅吃午餐，我就一直跟在梓林学长身边，主动和他交流，我说："郭老师，您的演讲得太棒了！"一直聊到宴会厅的主桌上，我就这么无意识地跟这些大牌的名人一起就餐。

在吃饭的时候，我问梓林学长："这北大公益讲座到底是讲什么的？"梓林学长说："你只有听了才知道。"我就问："那北大公益讲座有没有机会到深圳去呢？"梓林学长就说："在深圳有个叫柯言的人，他准备把北大公益讲座引到深圳，你回去可以找他，你们共同来做。"就是这样，过完年后，我就跟柯言约在一个书店的咖啡厅碰头。

我记得柯言那天很酷，他看到我把车停在路边，他就在门口站着，他知道是我过来了，他不跟我打招呼，我就进去了。我进去了看不到人，就在一个书架上看书，这时有个人过来，拍拍我的肩膀说："你是兴旺吗？"我感觉就跟以前的那个地下党接头一样。然后，我们在咖啡厅坐下来，过了一会儿，杨成墨和郭娜也来了，也就是在那天，我们定了深圳第一场公益讲座的具体分工。柯言说，我把场地已经找好了，在深圳图书馆的报告大厅，可容纳 300 人，就担心来听的人不多，我们要叫多一点人来听。我说，没有问题，我们有那么多员工呢，叫他们都过来听多好。然后就确定了柯言是 001，负责找场地和讲师团成员的机票；我是 002，负责解决讲师团成员的接送和就餐，成墨是北京的 012，负责酒店住宿。

我记得开课前的那天晚上，时过 40 天再次相见，觉得特别亲切。梓林学长对我说："兴旺，真没想到你是一个说到做到的人。你没有听过北大公益讲座，那你这次就不要做志愿者服务了，只有听了公益讲座的人，才可以穿上志愿者服，今天你的任务就是接受我们的服务，享受我们的服务，坐在下面听。"我当时的那个感觉，真是太好了。

第二天，我早早地带了好多亲朋好友来到会场。我看到柯言在那里穿着蓝衣服，来人就在那里鞠躬，来人就在那里鞠躬。我说你是发起人，是主角，你不能站在这里，你要照顾大局，他说：我发现在这里鞠躬很舒服。我说是吗？然后，我也站那里鞠躬，我也找到了舒服的感觉。这是上学的时候，老师没教过的，真的很舒服。

上课的时候，柯言就站门口。不时有人进来，因为课程进行中，听众出去打电话，让亲朋好友赶过来听课。来一个人他就负责开门关门，出去一个人，他也负责开门关门。

中场时，我说我来换下吧，他说平时很忙，很少有机会服务别人，要珍惜这个服务别人的机会。他说这句话的时候，我就开始很崇拜他了，我觉得我要学的东西太多了。然后那天听了北大公益讲座的第一阶《从生命到慧命》，这堂课对我的震撼是非常大的，我觉得这个课对我太重要了。

就在昨天，我带着我的助理，也来到了这个现场，她没有听过梓林学长的课，她问我梓林学长的课到底是讲什么的。我对她说："以我的修为，无法用言语来描述郭老师的课具体是讲什么的。但是我告诉你，听郭老师的课，就像有一湾泉水在你心里不停地流淌，让你会很舒服。"她说："我听不懂。"我说："那我再告诉你，郭老师的课，可以把'死人'讲活！"她很惊诧！我说："下次你参加北大公益讲座，你看一下进来的人，他是什么样子的。现在这个浮躁的社会，很多人都被世俗所困，有些人进来时的表情，就跟死人没什么两样。但听郭老师的演讲，你会看到他们真的活起来了，他们僵硬的表情，会变得红润。"

就这样，深圳的第一次，那是北大公益讲座的第 55 场和第 56 场，然后，第二天又临时增开了一场。通过这三场课程，我们收获了 30 多位志愿者。后来我们在一个酒店的咖啡厅，召集大家开了一个分享会，正式成立深圳慧至堂。当时柯言、杨成墨和我都参加了。

看着这么多的志愿者，我就想，应该有个人来组织才对，平时大家都比较忙，需要有个专人。这时我发现隔一个位置一个女孩，看起来很潇洒很职业的那种，披着一件呢大衣，在那里一直记笔记，我看了一眼，她记得很工整，那字写得特别细致，写了很多。

我就问她叫什么名字，她说我叫唐岚。我就向柯言建议，让她来做深圳慧至堂的秘书长，我们征求唐岚的意见，唐岚真的答应了。就这样，唐岚就成了核心志愿者。

再后来，梓林学长第二次来深圳，吕静又过来听课，她是参加过第一场的，这次她也加入了我们核心志愿者，吕静给我留下了很深的印象，因为我第一次见面，就觉得她也是一个很发心行大爱的人。然后，在后来的活动中，她每一次都积极参与，积极地去付出，做了很多事情。

我再说一下我们“深圳三剑客”的第三位：他叫庞坤，长得很帅。我和庞坤是住在一个小区的邻居，有一段时间，我天天早上去游泳，他也在那里游泳。

我记得当时我是因为受到一些挫折，才去游泳的。我的一个朋友在海上搞了一个别墅，买了艘摩托艇。有一次，他说我带你去兜一圈。我说行啊。结果他带着我飞快地冲到了离海岸很远的地方，然后快速地兜圈，结果把我整个人都飘了起来，他还在那里疯狂地兜，我一把没抓住，就飞出去了。当时我就觉得：“这下完了，这可怎么办呀？”因为我不会游泳，后来我发现，我还能漂起来，是因为穿了救生衣。等我好不容易爬到摩托艇上，我就想到一定要学会游泳。

之后，我天天早上去小区的游泳池去游，没有老师，就自学蛙泳，但是我游得不远。后来，我发现有一个人一直在教别人游泳，我就让他教我，他很热心，教我自由泳。他每天都是教完别人之后，再自己去游一个小时。不到一个星期，我就学会了自由泳，现在我也可以持续游一个小时！

在这件事情上，我非常感谢庞坤，我觉得无以为报！正在这时，北大公益讲座又一次来深圳。我觉得我的机会来了，就跟庞坤说："你有空没？明天有个讲座，郭梓林老师讲的，你可以去听一听。"结果庞坤果然去了，是罗湖少儿图书馆那次。那天我有点事，没去成。几天后的一个晚上，我们几位核心志愿者聚在一起吃饭，他告诉我说，郭老师讲课太好了，我已经加入了志愿者。

就这样，我们又收获了一位出色的核心志愿者。不久，庞坤跟我说："兴旺我现在做了一个很重要的决定，把企业的事情全交给别人了，专心地做北大公益讲座。"他说这句话的时候，我真的觉得非常惭愧，我认为他太发心了，和他相比，我做得远远不够，我只能去祝福他，我说，你到达了！

北大公益讲座给我们打开了一扇门，一扇智慧之门，进去以后，这扇门里面到底有什么，完全是靠我们自己去参，自己去悟。我曾经用北大公益讲座的第二条理念，做成了一笔不小的生意。有一个合同谈了好久，就是谈不下来，后来我急了，告诉对方："用我们的做到，证明我们全部的说，是真实不虚！"结果他就让我们做，把合同给签了。所以，对于我们还在做企业的人来说，最好的修炼就是把北大公益讲座的智慧融入我们的工作和学习中去，让我们工作的内外环境发生改变，让更多的人幸福起来！谢谢大家！

唐岚：感谢兴旺学长的分享。下一次志愿者见面的时候，要对暗号，我说：光明；你说：圆融善。原来，还可以在游泳池里传播光明圆融善。

其实，每一个人来到北大公益讲座都是有原因的，一定是有一个人深深地爱着你。这一次在深圳举办了“第 500 场暨深圳第 100 场”，我们觉得很享受。在此，请允许我代表深圳的志愿者向梓林学长申请，如果第 1000 场不在地中海的游轮上举办，那我们还是希望在深圳！

下面为大家送上一部反映两天来我们深圳志愿者服务的短片《志愿者：祝您健康快乐》。请看大屏幕。

（播放结束。）

唐岚：非常美妙，因为是付出，所以快乐！我们都知道北大公益讲座是一堂修自己的课程，我们只有先把自己承担起来，才能承担我们的家庭，我们的企业。接下来，邀请一位有承担的学长，他就是桂林的 001 志愿者陈仕燕学长。桂林慧至堂一直坚持每月逢 10 举办分享会。下面有请仕燕学长给我们带来四分钟的精彩演讲，主题是“在付出中成长”。

陈仕燕（演讲）：

在付出中成长

大家好。非常荣幸也非常高兴也是我自己的决定，就是能够来到美丽的深圳。北大公益讲座我非常喜欢，跟学长分享的一样，因为我没上过大学，初中都没毕业。能够跟北大沾上边，真是一种荣幸！我做北大公益讲座目的就是想站在这个台上。因为我以前讲话会发抖，手都没地方放，话也说不出。经过两年来的修炼，现在我学会了上台讲话。

很多学长有的比我前，有的比我后，都当了讲师，我还没有参加过讲师培训，这个事我有点遗憾了。

我最大的优点是什么，懂得付出，甘愿付出。但甘愿付出之后，有时候碰到问题就纠结了，纠结了，就做不到享受付出。在这个问题上，两年多来，我跟梓林学长也经常发生冲突。他是我一生中最喜欢、最尊重的一个大哥。认识梓林学长之后，他就告诉我一句话："仕燕，你走进了北大公益讲座，想逃也逃不掉。"他跟我说："北大公益讲座有两个怪人，一个是唐岚，一个是陈仕燕。因为你们两个一开始就没有任何犹豫地上了船，一直跟。"

但是，我每次上台演讲的时候，最怕唐岚，只要她一站起来我就怕，因为我每次在最后一分钟，她就会站起来，提醒我时间要到了，要下来了。刚才，我们兴旺学长这一招很厉害，装傻，看不到她站起来。

前面的学长分享得都非常精彩，只让我讲四分钟，真的是不知道说什么。从头开始说，时间又不够，说感谢呢，梓林学长又说不能说感谢，北大公益讲座不需要感谢别人。而且北大公益讲座多你一个，也不多，少一个，也不少。其实，我知道梓林学长是最爱我的。我这几年，一共花了 200 多万元去学习，所有的中国大牌的讲师我全都听过他们的课，最贵的一个是 28 万。说是 28 万学费交了，可以终身免费学习，每次去了机票还有住宿，花了很多钱。碰到我们北大公益讲座以后，大家在一起每一张脸都是笑，不谈生意，不谈商业合作。所以，经常会有学长让我急，让我生气，这个时候，梓林学长就会过来拍拍我说："还是会生气，人家是来修你的，你是来成就自己的。"我知道他还是不忍心丢下我。这让我很感动，我真的非常感动。

昨天我来了，没穿志愿者服。他说：明天分享会没穿志愿者服的不能听，我一下子还没听懂。我说：这个有道理。结果在散会的时候，他说，你在桂林开分享会的时候，也不穿志愿者服。我说，就一次，因为回家来不及就穿了便服。昨天我来的时候，下火车赶到酒店门口，大家已经吃完饭了，我就出去一个人吃的饭，没办法要自己花钱。而且来不及换衣服，就这样上去了，没想到梓林学长又盯上了我，其实我带了三套志愿者服，不过，我现在胆子不够大，包括在公共场所，在机场、在火车上，我真的还不敢穿北大公益讲座的志愿者服，为什么？我怕人家说你像北大的吗？有点怕，所以说不敢穿，只有到分享会的时候，我就穿上。

北大公益讲座对我的帮助非常大，因为我自己有了很大的改变。除了口才有了很大的进步，我的脾气也改变了很多。原来我一讲话都是骂人，在公司、在家里，我说了算，在朋友圈里面大家都说我好，在家、在公司里面大家看到我都怕，我原来在游船上当老板，员工本来唱歌唱得好好的，看到我话筒就掉下去了，非常怕我，因为我的脾气非常不好。即使有时候我也笑，那都是装出来的，因为做旅游，做服务业，再不开心也要嬉皮笑脸，也要装笑。

我第一次外出做志愿者，就被唐岚学长给修理了。那次是去河南的南阳，一到就下起了一场大雪。第二天上课，只要门一开，外面的大雪就飘到里面来。唐岚让我守大门，我年龄最大，她让我干这个？！但我只好站在那，想不通啊！那么多比我年轻的学长，都不安排，怎么就偏偏安排我做这个事呢？

其实，从纠结开始，到开心结束，我自己把自己调整过来了。坦率地说，我经常跟唐岚学长有过节，她很直，她工作很负责任。所以老是对我这个 001 很认真，我只好对她光明圆融善！经过磨炼，我觉得我现在越来越感谢梓林学长，感谢唐岚学长。我原来是一个喜欢钻对和错问题的人。昨天晚上王毅学长和陈柯学长都讲到了对和错的问题，没有什么对错啦。现在我知道，都是来修你的。现在我经常会在各种场合运用北大公益讲座的四个理念，来跟别人交流，效果很好。北大公益讲座原创的散文诗，我已经能背出好几首了，但是，今天也没时间让我表演，就算了。下一次大家到桂林，我朗诵给你们听。我希望1000场能在桂林举办。谢谢大家!

唐岚：感谢仕燕学长。用北京076志愿者梓林学长妈妈的话说，就是："北大公益讲座真是好神奇！好神奇！"

两年前，站在台上拿着话筒都会发抖不会讲话的人，现在拿着麦克风不愿意下台，仅仅是跟了两年的时间。还有一件神奇的事。前天，我在第499场时，主持完之后，几乎完全不能出声。可是，今天在第500场的课程中，从一点半开始到现在六点钟多了，我的嗓子不但没事，而且声音也越来越亮了，真的好神奇啊!

每一段因缘都是很奇妙的。北大公益讲座和江西大余丫山也有一段不一样的因缘，下面有请大余001志愿者韩磊学长带来他的分享。今天大家都吃到了丫山的月饼，我现在正式、隆重、庄严地宣布：谁没有吃丫山的月饼，是不可以报名丫山的课程噢！韩磊学长的分享主题"原来是我的需要"。

韩磊（演讲）：

原来是我的需要

我可能就是最会被修理到的那个人，为什么呢？正如大树修理枝丫，雕塑凿掉碎渣，人想修好自己，一定会被修理。按照课程的安排，我是要和子沣学长、军华学长一起为大家演一段三七二十八的故事，但是梓林老师可能看到这个活动渐入佳境，然后临时叫韩磊上台讲自己的。看似突如其来，却像早有安排，虽然有些意外，只能积极对待。

人生也是这样，安排好了一样有变化，精彩的人生是发生出来的，不是安排出来的。所以，我接受这种修理，之前我也确实被修理过。曾经组织分享会，几次视频卡机，但正如梓林学长所说，没有无缘无故的发生，修理是让我们更好。

跟北大公益讲座结缘，确实是很神奇的一件事，刚听一些学长说被“忽悠”进这个群体，我恰恰也是被忽悠的那个人。现在想起来这个忽悠是一种幸福，2013 年正月十二，梓林学长第一次来丫山，我们公司的老板把他接到景区，在我们办公楼吃饭，老板打电话叫我过去，说北京来了一个学者，非常有学识。

当时梓林学长还带着他四岁的小孩，小孩还现场吟诗作对，我想这个老师真的是很厉害，彬彬有礼又平易近人。席间，梓林学长说：韩磊你跟我走，我带你到北京大学去，你到我们产业与文化研究所去当研究员。

我当时就想，当年高考的时候，千军万马挤破头，做梦都想上北京大学，结果还是分数之差，憾别北大。现在，就这样能去了吗，还是研究员？我有点怀疑，但碍于面子，也只好应付地说，好好好。这个事情就放下了，我一直觉得这个不是真的。半年后，梓林学长邀请我带几个员工去海南当志愿者，说那里呀诺达有北大公益讲座的课，我就去了海南，亲眼见到了一群蓝色服装的志愿者，为军队一样的绿色服装的呀诺达人讲课，讲《从生命到慧命》。当时被眼前的蓝色温柔和绿色刚毅震撼住了，佩服梓林学长一整天讲不停，佩服海南 001 号张涛学长独特的管理理念。

回到大余后，因为各种原因，中途跟随的课程也不多。今年 6 月我们在大余组织了两场中学的课程，又参加了 16 日至少 9 天的丫山讲师培训，开始有感觉了。接着去了泰山。在泰山三阶，我才明白了这一切。原来，只要我们自己是真的，这一切就是真的，我们沿着北大公益讲座开辟的路，成为北大人，就是这么容易。

我感觉今天我能够站在这里，参加北大公益讲座“第 500 场暨深圳第100场”的活动，这样一场特殊的不可多得又不可重复的课程，非常非常感谢大家，尤其是感谢梓林学长。为什么呢，我来得很艰难，我相信每一个人来得都很艰难，但是你来了就对了，你来了你就要改进你自己。

几天前我做了个梦，梦到我自己成就了自己。我说对啊，好像这个世界上所有的环境、所有的人，都是在成就你自己，梦是最真的现实。于是，我特别盼着赶快来500场，虽然有很多事情牵绊着。今天早晨，我们几个学长是五点多起床，开车六个小时，来到这里，我真的很开心，我能来，虽然来得很艰难，但是我到了（掌声）。这个掌声，我相信大家其实也是鼓给自己的，因为你们也来了，来得很艰难，但是真的很值得。

北大公益讲座真的很好，这种好我很有感触。前段时间，梓林学长分享了一个教小孩子写作文的方法，我受益很大。以前我跟我的孩子交流很少，他比较内向，然后特别不爱写作文。最近，我用了梓林学长的“他说我写”的方法后，经过几次训练，我发现他改变了，竟然开始自己写周记，这真是让我和家里人特别欣喜。

我总觉得自己实在是太会写东西了，结果孩子在这一点就出现了缺失。一直以来，我老婆很纠结，孩子什么都写不出来，真是让人着急。我太晚认识到，老天是要通过孩子不会写作文来修理父母的做到，没有认识到必须通过帮助别人，才能实现自己。在北大公益讲座，我神奇地认识到了原来自己需要帮助孩子去写作文，才能成就自己。梓林学长的方法真的太好用了，孩子从中慢慢地找到了自信，打开了自己，愿意配合写作，甚至主动出击了！对于这个变化，家人都很开心。北大公益讲座，不仅是可以让你自己变得更好，而且告诉你：当自己变得更好之后，就会影响你身边的人，让他们更好，于是你的整个生存环境就改变了。

最后一点，我想分享一点，就是在泰山三阶的时候，我和梓林学长做了深度交流，我们共同展望了一个未来，就是在丫山营造一个氛围，开辟一个道场，让北大公益讲座的所有志愿者像回到家一样的，在那个平台上轮流为陌生人服务，所有的讲师，在那里进修、面试、结业。我相信，心能转境，那一天，不会遥远！

唐岚：大家说精彩吗？是的，好期待听到韩磊版的《从生命到慧命》。相信不久的将来，想做讲师，必须上丫山。要连续讲上 15 天，不停地讲，才能拿到由梓林学长和丫山董事长唐向阳学长共同签名的讲师证，这样才称之为合格的讲师。大家有信心吗？（众人：有！）

第四板块　让生活更有趣

唐岚：我们的生活不仅要有滋味，也要有品位。付出从分享开始，分享就是付出。分享可以是文字，是语言，也可以只是一个动作、一个眼神。北大公益讲座曾经两次东渡日本，为当地华人开课，也有听不懂汉语的日本人听我们的课也感动得流下了眼泪，下课之后就加入志愿者行列。

而这一切安排的缘起，得助于中日文化的使者、中国国家歌剧院原著名男高音歌唱家——日本 001 志愿者程波学长。他今天也来到了我们的现场。程波学长，在 20 世纪 80 年代，曾经和我们国母彭丽媛女士同台演出过《白毛女》。

大家常常说，“说得好，不如唱得好”，我们也听过“出口成章”，大家有没有听过“出口成歌”？想听吗？（众人大声答：“想！”）

那下面我们邀请来自日本的 001 志愿者程波学长为我们带来两首歌，一首是他最心仪的歌曲《母亲》，还有一首是即兴作词随口演唱的歌曲，用现编现唱的说唱歌曲来表达他此刻的心情。大家要知道，这可是150亿年来唯一的一次，因为此刻无法复制，将来也不会再有。

程波（演讲）：

唱出心中的爱

非常感谢各位学长，感谢梓林学长。我有一个感觉，我觉得我这次非常幸运，能够赶到深圳，我觉得真是值了。我是7号飞到了新西兰的奥克兰，然后从奥克兰飞到墨尔本，又飞回东京，8号才到达东京，9号工作一天，然后10号又飞到北京，接着飞到深圳。但是我真的觉得特别喜悦，我特别高兴。

今天的500场庆祝活动，我感觉是一场比中央电视台的《春节晚会》还"春节晚会"的这么一个《春节晚会》。非常享受，真是心情也好，精神也很好，一切都很好。真如像杨玲学长讲得一样，就像回到了家里一样。

梓林学长是我们这个大家庭的家长，是妈妈。为什么说他是妈妈呢，因为他想得特别周到，他考虑的事情太周到了，爸爸一般做不到的，他都做到了，所以他是妈妈，是我们大家的妈妈。好，那么下面我想为大家演唱的就是《母亲》这首歌，为什么我要唱这首歌呢？本来梓林学长说：你不许唱人家都唱的歌，你就是看见什么就唱什么。我说可以，但是今天这个500场，多么庄重的一个场合啊，在这个场合上，我要让所有的志愿者知道，从日本来的001志愿者，是一位专业的歌唱演员，所以需要证实一下，唱得怎么样另当别论，但是我的心在这，我希望把这首《母亲》献给我们在座的每一位，因为我们在海外的华人，无论任何时候无论走多远，无论官多大，无论多富贵，我们都有一个家，都心想着母亲。

（程波唱）你入学的新书包有人给你拿／你雨中的花折伞有人

给你打 / 你爱吃的（那）三鲜馅有人（他）给你包 / 你委屈的泪花有人给你擦 / 啊，这个人就是娘 / 啊，这个人就是妈 / 这个人给了我生命 / 给我一个家 / 啊，不管你走多远 / 无论你在干啥 / 到什么时候也离不开 / 咱的妈 / 你身在（那）他乡住有人在牵挂 / 你回到（那）家里边有人沏热茶 / 你躺在（那）病床上有人（他）掉眼泪 / 你露出（那）笑容时有人乐开花 / 啊，这个人就是娘 / 啊，这个人就是妈 / 这个人给了我生命 / 给我一个家 / 啊，不管你多富有 / 无论你官多大 / 到什么时候也不能忘 / 咱的妈 / 啊，这个人就是娘 / 啊，这个人就是妈 / 这个人给了我生命 / 给我一个家 / 啊，不管你多富有 / 无论你官多大 / 到什么时候也不能忘 / 咱的妈

程波：下面我来唱我刚才写的词——

今天的北大公益讲座 500 场辉煌 / 辉煌 500 场北大公益讲座 / 志愿者们从东西南北四面八方来到深圳 / 今天光明圆融善的理念 / 让各路精英 / 正能英雄 / 深圳集中 / 这里有 / 北京大学的英才王毅学长 / 还有中央戏剧学院的神人 / 多才多艺的大先生陈珂学长 / 也兴高采烈地飞来了 / 飘飘欲仙的杨玲女士 / 也从北京飞来了 / 啊，请大家注意看 / 她是不是有点像宋庆龄 / 可是她又有点像宋美龄 / 还有点像我们现在的国母彭丽媛 / 朋友们，再仔细一看 / 她还有点像宋祖英 / 啊呀呀，要我说啊 / 她就是北大公益讲座 / 我们北京的 024 志愿者 / 她的名字就叫杨玲 / 还有我们深圳的三剑客英雄 / 唐岚吕静和庞坤 / 吕静是一位美女企业家 / 怎能不让我歌颂她 / 睿智漂亮，豪爽善良 / 她爱心常在 / 愿意为北大公益讲座做奉献 / 你们说 / 说我唱的对不对 / 还有我们珠海的 001 孙红雷 / 啊呀妈呀 / 是孙红雷他弟弟叫徐建华 / 长得太像了 / 居然他也来了 / 桂林 001 陈仕燕 / 倾心倾力只为在 / 美仑美奂的漓江上 / 创建志愿者的新乐园 / 在我们看来 / 今天在座的各位志愿者 / 都是一心一意做奉献 / 都是伟大

的 001/ 只要能在北大公益讲座 / 八十不老，十八不少 / 心灵净化，精神重生 / 收获智慧，勇气大增 / 咱这里就像温暖的家 / 笑对人生，和谐快乐 / 北大公益讲座 / 就是一台播种机 / 在我们慈祥的、忠厚的、随和的梓林学长带领下 / 我们永远尽心尽力 / 播种正能量 / 传播光明良知善缘圆融 / 播撒我们中国人 / 自尊自信自强自明 / 我们都要从自己做起 / 用我们全部的做到 / 证明我们全部的说 / 是真实不虚 / 今天让我心连心 / 手牵手从深圳 /500 场的会场再出发 / 知行合一，努力践行 / 创造迎接下一个 500 场 / 北大公益讲座 / 光明圆融善 / 圆融善

谢谢大家！

唐岚：大家说唱得好吗？想不想再听，再来一首。

程波：非常感谢非常荣幸，给家里人唱歌的感觉就是不一样，声音好坏另当别论，我觉得我把我的心声唱出来了，大家感受到没有。（众答：有！）

郭梓林：这首歌跟别的歌不一样，他唱完之后，就唱不了第二遍了，因为旋律是即兴的。

唐岚：有人常常这么说，你不来北大公益讲座，我都没有办法告诉你现场发生了什么，这是真的。现在大家有体会了。我们不知道还有什么办法，能把程波学长的这样一份爱，这样一种艺术表达传递出去，真的，来了才知道，不来真的无法知道。让我们再一次用掌声来感谢程波学长，真的是艺术界的大腕。

在我们今天的现场，还有一位学长也是能够“歌唱如流”。梓林学长曾经给他一个承诺：要让这个世界上听过《志愿者之歌》的人，超过看过《007》电影的人。他就是我们大连 007 志愿者张迪学长。大家说，想不想听听他的分享。（众答：想！）张迪学长的分享主题是“放下就会得到”。

张迪（演讲）：

放下就会得到

尊敬的各位老师、亲爱的各位学长，来自海内外的志愿者朋友们，大家晚上好！

我是最幸运的人。因为，无论我在与不在，《志愿者之歌》永远是每场北大公益讲座的最后一个音符和最独特的画面。

有人说，是我写得好，加上唱得好，我觉得不准确，确切地说，是我们的梓林学长和志愿者团队，共同打造的强有力的气场、磁场、能量场好。三个小时的讲座临近结束，听众内心受到触动，现场气氛达到高潮，这时候，任何人站在这个舞台上放歌，都会收获雷鸣般的掌声！所以说，我是最幸运的人。

同时，我也是最应该感恩的人。梓林学长不让上台说感谢，那我说感恩可以吗？（众笑。）

讲座第一阶的第一句话是："感恩不是什么大德行。"但是在我看来，感恩是我走进北大公益讲座之后，才真正开始学会的一件事。

我的职业是记者、主持人，也是歌手和音乐人，无论是新闻界还是娱乐圈，都是充满了名利，充满了自以为是。走进北大公益讲座，学习"三个放下"，我才真正开始了属于自己的人生。"I am who I am"就是陈珂学长说的，真正找到了我是谁，我应该是一个什么样的人。以前的我，总是活给别人看，呈现的是别人期望中的我，没有活出真实的自己。

2011 年 9 月 3 日那一天，北大公益讲座第一次走进大连，我坐在第一排正中间的位置，听得非常认真。

起初，是"北京大学"四个字吸引了我。我想知道，这所深刻地影响着中国的历史、当下和未来的著名学府，她的公益讲座和我所经常参与的公益事业、创作表演的公益歌曲，以及自身认同的公益理念与责任使命又有什么样的内在联系？

课间休息的时候，和蔼可亲的敬萍学长来到我身边，问我是做什么的，我说，您猜猜看？她说，是搞艺术的吧？我说，也对，但不完全正确。然后，她说：你要不要跟主讲人聊一聊，我说好啊。就过去对梓林学长说：您猜我是做什么的？梓林学长毫不犹豫地回答：是做善事的。我惊讶地说："郭老师，您这个答案比标准答案还标准哪！"

这时，旁边的人就告诉梓林学长，我是大连的慈善形象大使和爱心助残形象大使，中国第一首歌唱善良的歌曲也是我首唱的，就是那首《善良的人》。

第二天中午，主办方请北京的志愿者一行吃素食。大连 001 志愿者孟庆纯学长告诉梓林学长：张迪有一首歌叫《善良的人》，您要不要听一听，并开始在手机里查找，整了半天也没放出声音来。

梓林学长的智慧真是无处不在，他说："真人就在现场，何必要听手机里的，现在就清唱。"

我一想，刚刚听了北大公益讲座"放下名、放下利、放下自以为是"，就从现在开始学着做吧。于是，我就在饭桌旁开唱。唱完了《善良的人》，梓林学长说，这首歌作为北大公益讲座第二阶的内容，收了！

大连 001 志愿者又说：还有一首呢，是张迪自己作词作曲并演唱的，叫《你是如此善良》。梓林学长说：唱啊，还等什么？

唱完之后，梓林学长让北京志愿者拿起摄像机，现场录像。并说，这首歌捐给北大公益讲座了，作为《志愿者之歌》，下面以录像为证。

然后，面对着镜头，梓林学长问我：愿意不愿意把这首歌捐给北大公益讲座，而且没有版权费？

自己的作品能被北大公益讲座选用，幸福来得有点突然，我当然非常痛快地答应了。于是，梓林学长对着镜头说：这段录像就是捐赠合同。

于是，我从此踏上了以北大公益讲座为一种全新生活方式的“不归路”。

四年多来，我以大连007志愿者的身份，参加了近200场公益讲座，比起唐岚学长的400多场，少了很多，也没有咱们深圳志愿者团队那么有力量，能够后来居上，组织了100场公益讲座，但是，我跟北大公益讲座的感情真的是和在座的每一位学长一样深！（**梓林插话：张迪黄妍夫妇在大连组织了三次北大公益讲座，每次四场，总共有12场。**）

太少了，以后还要继续努力！我相信，有北大公益讲座这么多高人智者在，我们就会收获更大，受益更多！就像深圳001志愿者柯言学长说的那样：走进北大公益讲座，惊奇和喜悦不知从何而来。我想再补充一句：也不知道惊喜和喜悦什么时候才会结束……

梓林学长曾多次向我承诺：要让全世界听过《志愿者之歌》的人，超过看过电影《007》的人！所以，我要把这首《你是如此善良》一直唱下去！我知道，这是充满正知、正见、正能量的阳光之旅。我和我的家人们朋友们，彼此的人生会由此而改写，走上一条光明圆融善的智慧之路。

当然，我对北大公益讲座的认知也是存在一个渐进的过程。比如，《你是如此善良》刚刚成为《志愿者之歌》在现场演唱的时候，梓林学长有一次介绍我没有介绍那么多，我坐在下面还会生气，我当时想，网上关于我的介绍那么多，随便摘下来一段就可以介绍得很全面，为什么就只介绍了一两句？

那是最初走进北大公益讲座时的真实想法。当时，我还觉得老师邀请我去北京参加讲座，是公益讲座需要我的公益支持，需要我用音乐的方式来给讲座增色。后来，参加了一次又一次的讲座之后，我才明白，是我的生命真正需要北大公益讲座来点亮，而不是讲座需要我来帮忙。

直到有一天，我跟梓林学长说，以后在我上场唱歌之前，就不用再特别介绍我了，因为如果人们觉得鸡蛋好吃，并不一定要去了解下这只蛋的鸡长什么样儿。（众笑。）

真正地放下了名和利，我感受到了从未有过的轻松和快乐。或许，这就是北大公益讲座，能让我一直跟随下去的魅力所在。她能给我带来一种看得见的成长和发自心底的改变！

每一次跟随北大公益讲座团队去到全国各地，包括走到日本东京，总有不同的感受、不同的收获。话短情长，短短几分钟是很难能够表达清楚的。

我相信，有每一位高人贵人的指点引领，有各位学长的鼓励和携手同行，我们每一位志愿者的生命都会更加幸福美好，我们的身体会越来越健康年轻，我们的心灵会越来越舒畅丰盈！

我欣慰，我是蓝色梦想者中的一员！我爱北大公益讲座！我爱大家！谢谢各位！

唐岚：非常感谢张迪学长，我们的分享越来越精彩。下面邀请中央戏剧学院的教授。我们北京 777 志愿者陈柯学长给我们带来他的“光明圆融善，求真创造美”。

陈珂（演讲）：

光明圆融善，求真创造美

一个非常偶然的机会，让我认识了北大公益讲座。然后就给“光明圆融善”对了一个下联“求真创造美”，这是一个很殊胜的缘分。我对的这五个字，不是我的发明的，这五个字，是我们中央戏剧学院的校训。这所中国第一流的戏剧学院，秉承了中国新戏剧的传统，她以这样的六个字来作为她的校训："求真、创造、至美"。我把"至"拿下，看看，"光明"对"求真"，求真就是照亮黑暗的光明；"圆融"对"创造"，圆融才能创造；"善"对"美"，各位，看这个"善"，善下边是一个口，上边是一个羊，若用篆体字写，羊下边是两个口，"譱"，两个口就表示两个人来谈，我们如何把这个羊献给神，献给上天，这就叫"善"。用"美"来对，为什么对得很好，因为"美"是一个人举着两只手，把一只羔羊献出去。献给谁？献给上天。为什么献羔羊，不献牛，不献猪？因为，在全人类的文化当中，羊是最洁净的哺乳动物，也是最温顺的哺乳动物。这被认为是献给神的最美好的礼物。

我被北大公益讲座瞬间打动的那一次在桂林。一位鲤鱼岛上一个完全大字不识的大姐，听完课后，感动得流下眼泪，上台分享她的人生，结束时，她用五音不全的嗓子，用刘三姐那个调来唱："多谢了，多谢了北大公益讲座……"表达这个课程带给她的那份爱。那一刻我真是流下了老泪。你们知道我这辈子看了多少演出吗？上个月在英国看到了原版的《战马》，我都没有掉泪。但我看见那位大姐的眼泪，我的泪也刷的流下来了，真的很感谢，非常感谢有这样一群人在做这样一件事。当然，真正感谢的是我们自己，在这里找到了我们真正需要的东西。

刚才听了庞坤学长的分享，这一年来，他简直太长进了！一年前的庞坤，说话还半天找不到个词。你看今天，他用词用得那个准确、精炼、鲜明，还铿锵有力，真正的口语化，而不是口水话。还有陈仕燕学长，他的分享，让大家笑得前仰后合，他说话的节奏，把握得十分精到，因为他说的，全部是从心里流出来的，他一点也不做作，他靠着神的节奏，踩着神的脚步，句句都是神来之笔，他一瞬间就会把在场的各位全部抓住了，笑得我们前俯后仰，让我都笑得不行了，真是一个好的喜剧演员，姜昆都没有把我逗成这样，不断地笑，不断地乐，天生的喜剧演员，前言不搭后语，他没有任何逻辑，但是他有他心里的逻辑——爱的逻辑，是最伟大的逻辑。

所以，北大公益讲座的“光明圆融善”，一定是要对“求真创造美”。我是当老师的，我最心疼我们的孩子没有求真的快乐，全在求利。没有梦想，没有理想，不去求真。没有真，还有光明吗？一定没有光明了，你真都没有了，那个光明从哪里来？求利让每个人理智昏昏，没有理智，迷失理智。而光明，就是我们的理智，那支蜡烛就是黑暗中的光明。跟着光走，这个生命才能够蓬勃——向日葵不朝着太阳，能叫向日葵吗？对不对？

创造，靠什么创造？一定是一个圆融的世界，一个和平的状态，人才会有创造。不和平哪有创造？没有圆融，天天打，掐，民族掐，宗教掐，单位和单位掐，人和人掐，自己和自己掐。没有一个圆融的心态，他能够有创造吗？他一定没有创造，他只有什么——山寨。跟着别人屁股后边亦步亦趋。

没有了光明，没有了圆融，没有了创造，我们就不可能有善，也更不可能有美。善与美，既是我们的人生任务，也是我们的人生最高目的。若不然，我们全部的欲望，就会变成了找乐子。所以，没有“光明圆融善”，就不可能有“求真创造美”，没有这些，这个民族就掉坑里了。

我听了各位学长的分享，我真的很感动，感动的是我们真的找了一个非宗教、非政治，同时又能够真正把我们的“光明圆融善”背后的那个“求真创造美”唤回来的方法。这是一个非常了不起的工具。

整个西方的现代化，所谓的启蒙，是从工具和方法开始的。没有工具和方法，它是走不通的。就像我们要磨好一个钻石，要把一个璞变成一个美玉，它一定要有工具，一定要有方法，从哪切，从哪开，它一定要有一个着力的点。就像一个杠杆一样，怎么才能撬动地球？要找到一个支点。北大公益讲座就是这样一个支点，就是一个让我们普通老百姓修行的工具。所以她才让我心仪，才让我心动，因为我觉得这个支点，在当下这个社会，对我们的普通老百姓太重要了。让我们为了我们这个民族，为了我们这个国家，为了我们这个社会，为了我们的家庭，为了我们自己——做一个“光明圆融善”的人，去实现“求真创造美”的人生目标。

谢谢各位！

唐岚：感谢陈柯学长的激情分享。在他身上我们看到的真实才有力量，真实让人更加有趣，北大公益讲座就是要让我们找回一个真实的自己。

每一次我们梓林学长上台的时间，都是求知欲和食欲相交织的时刻，现在我们用最热烈的掌声邀请北大公益讲座的创始人郭梓林学长为大家带来他精彩的分享“我们共同走过”。

郭梓林（演讲）：

我们共同走过

感谢！此时此景此情，真的让人很感动。所以，我们有理由对这个国家、对这个民族、对这个社会抱着满满的信心。

有一个最重要理由是：今天来的人，不是由什么机构层层挑选出来的，来的全部是平民百姓，是中国最最普通的升斗小民，一群追求善良的人。

今天是北大公益讲座的第500场暨深圳第100场。开始策划这个活动时，深圳的志愿者发来微信问我："需要给您留出 30 分钟，还是 60 分钟？"我说："只能讲 5 分钟，3 分钟也行。都 500 场了，如果还需要我讲那么长，北大公益讲座就太不长进了。"

第 500 场，最好是能让我坐在下面，为登台和暂时还不能登台的学长们做服务工作，这才能显示北京大学公益讲座确实是对人有帮助的。

500 场之后的北大公益讲座，我应该渐渐少讲，让出机会，帮助更多的志愿者走上讲台。我要把更多的精力放在后台，开发更多的课件。少露面，甚至不露面，只讲三阶四阶。这个时候，我才会开始有一点儿成就感。

最后大家都能以自为师，这才是北大公益讲座真正的成功。郭梓林已经不在了，已经没有人知道郭梓林是谁了，仍然有一批人在讲"光明圆融善"，这才是我追寻的目标。

"光明圆融善"，是北大公益讲座提出来的。"求真、创造、美"是中央戏剧学院提出来的，中央戏剧学院是全世界最好的一所艺术大学。2013 年，联合国教科文组织确认全球九所伟大的艺术院校，中央戏剧学院是其中之一。这是很了不起的一件事。

两所伟大的大学，各提出的五个字，组成这副佳对，是巧合，还是天意？无论如何，非常有意义！所以，我们值得为这十个字去践行，因为我们所践行的，正是这两所大学的精华。

这十个字，真是神来之笔！什么是"神来之笔"？神来之笔的意思，就是神借你的手写出来的文字篇章。我一直认为，北大公益讲座的这些原创作品和授课内容，不是郭梓林写出来的，不是郭梓林说出来的，是神借助我这个肉身，让我说，让我写，从我的笔端流淌出来的。现在回过头看这些文字，真不敢相信是我写的，这不是谦虚，现在，你会知道什么叫"神来之笔"。

今天，我们走到了500场，后面还有很多很多的课程在等着我们。这件事值得我们一直做下去。

500场办得这么嗨，已经五个小时了。记得去年5月24日，在中国科学院大学举办第300场课程，结束后我们20多位志愿者在一起，边吃晚饭边分享。大家都分享完了之后，主持人让我总结。我站起来说："一切都已经过去，明天早上出发，去重庆永川。"大家停顿了几秒钟，热烈鼓掌。

此刻，还是那句话："一切都已经过去，明天早上五点半出发，去江西。"

谢谢大家！

唐岚：谢谢梓林学长。让我们继续向前行，默默前行，走在这条"光明圆融善"的大路上。下面我们请张迪学长带着我们今天的《志愿者之歌》，里面有各位学长今天下午在500场的精彩影像，这次是最新版本的《志愿者之歌》，一起来唱出我们共同的心声。

张迪（唱）：

你是如此如此的善良／哪怕天地无情雪雨风霜／你是如此如此的善良／让我感动的地久天长／你是如此如此的善良／让我一天一天懂得高尚／你是如此如此的善良／让我幸福的地久天长／地久天长／每当我孤单的时候／总有你温暖目光／每当我无助的时候／总有你坚强臂膀／每当我快乐的时候／总有你与我分享／每当掌声响起的时候／你却远远的把握凝望／你是如此如此的善良／哪怕天地无情雪雨风霜／你是如此如此的善良／让我感动的地久天长／你是如此如此的善良／让我一天一天懂的高尚

你是如此如此的善良／让我幸福的地久天长／地久天长／你是我的阳光／照亮爱的天堂／你是我的榜样／从此我不再彷徨／你是

如此如此的善良 / 哪怕天地无情雪雨风霜 / 你是如此如此的善良 / 让我感动的地久天长 / 你是如此如此的善良 / 让我一天一天的懂得高尚 / 你是如此如此的善良 / 让我幸福的地久天长 / 地久天长

唐岚：我宣布北京大学公益讲座第 500 场暨深圳第 100 场到此圆满结束。请移步华富殿共进晚餐，谢谢！

付出从分享开始

——10·12高端分享会

主持人：郭梓林

嘉　宾：王毅、陈珂

梓林：好，非常感谢张迪学长作词作曲并现场演唱的《青春行》！带着青春的活力，带着青春的梦想，带着青春的希望，我们一路走来，走到今天，北大公益讲座明天就要进入第500场。尽管我们的青春是不同的，但我们的青春与公益同行，下面请听《公益行》。

一路上／静静眺望远方／细细铃声难断／真心语／诉衷肠／山风轻／韵悠长／百草园／何处君子兰／心密难藏／无住于布施／江天月影独醉／潮落去／童相会／庞愿满腔／知难为／一意孤行／何必说憔悴／啊 银河旋转／宇苍茫／心在飞／啊 星辰难追／转瞬间／却已数千岁／至慧命／水天难得一色／梅竹执意双清／散虑斋／翰墨香／独挥毫／戒定无量／只等闲／情满他乡

梓林：无论是青春行，还是公益行，我们一直在做一件，我们知道这是一件明知不可为，还要去为的事情。我们只是为了我们的心，希望世界更好一些。我们一直在做，我们知道我们的力量很微弱，我们知道我们很渺小，我们只是想通过这个平台修正自己，用最好的自己去看这个世界，去体悟这个世界会不会因为我们自己的改变，从而让家庭成员，让身边的人开始改变。看看我们有没有力量，通过改变自己，让身边发生哪怕是一点点的变化。

北京大学公益讲座，明天就要开第 500 场了。昨天晚上，我们经历了第 499 场，下面我们来看昨天晚上的《志愿者之歌》，有请《志愿者之歌》张迪现场演唱。他是这首歌的作词、作曲、演唱者。2011 年 9 月 4 日，他将这首歌捐给了北大公益讲座。

（演唱结束。）

梓林：地久天长！谢谢张迪。北大公益讲座这件事，我们希望把它做成一件地久天长的事情。因为我们选择蓝色，作为我们志愿者服的颜色。而蓝色是海洋的颜色，是天空的颜色。我们会一直把这件事情做下去，我们只是为了一个更好的自己。

现在已经有越来越多的志愿者知道：并不是这个老头儿需要我来帮忙，不是北大公益讲座需要我来做什么，也不是北京大学需要我来为她争光，更不是这个国家、这个社会需要我来承担和拯救，是我自己需要这样的平台来修正自己，需要这样一个平台来展示自己是个善良的人，需要这个平台去付出自己的爱。我们能够共同走过四年多，一起走进第 500 场，根本的原因就是一批志愿者知道了，这是我们自己的需要。

我们一直说，北大公益讲座，没有老师，只有学长，共同学习、共同成长。那么，今天请来两位老师，一位是我们北京 000 志愿者王毅老师，他 1985 年考进北京大学，然后在中央党校读了硕士，在中国人民大学拿了法学博士。2005年，有一次我们上香山，与我分享了许多关于生命的话题。2011年，北大公益讲座开始创立的时候，他告诉我："今后这件事，如果你做得不好，这辈子也就这样了；如果做得好，会有很多的磨难。"我当时很奇怪，为什么做得好，反而会有磨难呢？渐渐地我就明白了：一个人要做好一件好事，知道了之后，肯定会派一些人和事来修你。修你到底是为什么要做这件事，考验你是真的，还是假的。如果你是假的，你碰到困难就退回去了。他还告诉我：讲商业的课，帮人家挣钱，是可以收费的，而讲生命智慧的课，是不能收费的。当年我讲一天课，课酬是五位数。

后来，我又问他，我也没上过北京大学，也不会背《论语》，也不会背《道德经》，还不会背《金刚经》，我来讲这个生命的课程，讲错了怎么办？他告诉我：这个事我不能回答你，你问问你的心，在这件事上，你有没有杂念？如果你的心是真的，讲错了也是对的。

他的回答给了我很大的力量，因为外面没有对错，心是你能把握的。什么是"心无所住，无住相布施"，修自己的心就好了。这件事最终修的是自己的心。于是，就有了我们三个"放下"：放下名、放下利、放下自以为是。一句话，放下"我执"，放下"法执"，去做就好了。不执着于"对人好"得到表扬的赞许，而是真正对人有帮助；不执着于做一种固定的模式，而是创造一个开放的、能让人可以付出的环境。这些年，一路走来，他的开示对我的成长有着很重要的意义，这些话常常提醒我，一定要把这件事情做好。

还有一位老师，是北京的777志愿者陈珂老师，这是真正玩文学的，我只是一个学中文的。我一直遗憾自己枉学了汉语言文学专业，这一辈子不会写小说，不会写电视剧，不知道会不会带着这个遗憾离开这个世界，学文的没有小说、没有电视剧，不敢跟人家说是学中文的。所以有一段时间，遇到作家，我说我是研究经济学的；

遇到经济学家，我说我是做企业的，好不尴尬。

陈珂老师有小说，有戏剧，有多部文学作品，而且还有《中国思想流》和《剧场概论》，这个《剧场概论》很牛！中国第一部关于剧场理论研究成果，他现在是中央戏剧学院的博士后导师，在上海戏剧学院读的硕士，是一个博学的戏剧作家和评论家。我们下面掌声有请这两位老师上台来跟我们分享《我与北京大学公益讲座的因缘》。

王毅：首先要感谢深圳这块宝地，中国 30 多年的发展，是从深圳开始的。来深圳的人都带着梦想，基本上都是一穷二白，经过人生的奋斗和打拼，也经历过失败和痛苦，但是今天，一大批人与深圳共成长。虽然有的人还不把自己当深圳人，除非出生的第二代，因为这是一个移民的城市。移民城市的文化是“敢为天下先”。正因为这样一种文化，使得北大公益讲座在深圳发展得最好，深圳的志愿者队伍不仅人数最多，而且凝聚力最强，最有资格举办“第 500 场”，而明天的第 500 场，也是深圳的第 100 场。我们给深圳志愿者一个掌声!

感谢富临酒店给予的支持，这个酒店很好，富临富临，富贵临门啊！所以，今天深圳志愿者给各位送富贵来了。当然，如果酒店的老板知道北大公益讲座的话，应该给我们长期打折。

英雄不问出处，北大有这样传统。中国最后一位真正的儒家叫梁漱溟，他考北大没考上。校长蔡元培听说梁漱溟很厉害，就请他吃了一顿饭，一看是个年轻人，24 岁，一聊，说我聘请你来当哲学门（系）的教授。梁漱溟说，我都没考上北大呢。蔡元培说：没关系，你的水平就是教授。那个时候，北大的哲学系，也就那么几个教授，像冯友兰就读的那一届，才四个学生。但是，那四个学生，后来都成为大家。现在，有一位上过两年大专的郭梓林，也成为北大公益讲座的讲师，给梓林掌声。

梓林：感谢北京大学，所以，我总是说，北京大学是全世界最好（不是之一）的大学。

王毅：这个胸怀只有北大有。包括公益讲座，在全国影响那么大，媒体以及相关的监控部门，不可能不知道，但是，从来不干预，这就是“良知”，是具体的爱国。正是因为这个社会的良知还在，北大公益讲座才能生存下来，才能讲到500场，没有麻烦。所以，这是中国最好的时代。北大领导对梓林说过：50岁了，知天命了，不可能努力地去做坏事了，不管课讲得怎么样，让梓林不出偏差的，就是“良知”，不是所谓的什么纪律。这是一种什么样的信任？只有在北京大学才会发生这样的事！所以，我们给北京大学的老师和领导、北京大学经济学院的老师和领导鼓掌。

如果朋友问你，北大公益讲座到底讲什么，还真没法跟人家介绍。因为从生命到慧命的课程，不可能有条理，不是写学术论文，不是用逻辑来推导，所以这个课程必须来体验，必须亲自来听。

我跟梓林认识20多年了，科瑞集团是江西财经大学的一批青年才俊创办的，梓林是创始人，负责企业文化和意识形态，合伙人让他搞文化，要洁身自好。

梓林：理由是20年以后，政治体制改革，你可以参选议员，所以，不能有绯闻，我们负责挣钱，然后支持你参选。

王毅：议员不能有绯闻，必须戒色。结果梓林就刻苦读书，在北京条件好，高人多，学习的机会也很多。所以，梓林创办的《科瑞人》杂志很有特色，当时统战部、工商联、联想、四通等企业都夸这份企业内刊办得好。所以从严格意义上说，梓林学长算个儒商。

有的时候调子唱得高，是好事，调子唱得高，就把自己戳上去了，想当坏人当不成了，一说你是好人，你就不忍心下手做坏事了，就像今天我进来一看，好！把北大公益讲座戳得很高，调子唱得很高。既然唱了这么高的调子，大家就不能下来，即使是假的、装的，只要一直假下去，最后装到最后，也变成真的了，所以，人生就是“借假修真”嘛。

梓林：对，借假修真。

王毅：生命不是真实的，都是虚幻，都是幻想，宇宙中很粗糙的东西，能被我们看到，能被我们触摸到。物质是光波，我们看不到、摸不着，它的速度非常快。暗物质在整个宇宙中占 90% 以上，我们找不到。所以，科学是有局限的。什么是科学？用笛卡儿的话说：“科学就是黑暗天空中的一盏明灯，它所照耀的毕竟是有限的，在科学之外还是黑暗。”科学只是人类认识世界的一个手段。我们不要认为我们眼睛所看到的一些，就是全部。真实的东西，不是用眼睛来看的，而是去感悟、体量。最后就是那个“道”，或者说，就是“智慧”。所以，“从生命到慧命”讲什么？最后是讲我们这颗心，是讲我们本体，讲我们自己。

我们来到这个世界，首先要改变的是自己，只有透过自己的改变，你才能用新的视野去看这个世界，你才能去改变世界，一切都是自己。问问大家，是谁让你来参加这次分享会的？

听众：自己。

王毅：并没有人逼你来，即便是打电话邀约，你可以不接电话，你不接谁也不能治你的罪，假装没听见嘛。接了电话，你还可以说声“谢谢”，找一万个理由不来。有的人是一次，有的人是两次，有的人是十次，现在又来了。最后，是自己让自己来的，是自己让你的身体来到了这个会场，所以我们管得住的是自己。

热爱生命是应该、必须的，否则，你来当人干什么呢？生命有很多种类，我们去看看天上飞的、水里游的、地上跑的，你看看生命的状态，所有动物的颈椎，都是横着的，只有人的颈椎是竖着的，由横着变成竖着，这个生命就站立起来了，就伟大了。没有巨大的福报和功德，人是不可能立起来的。

人类的诞生，是整个宇宙伟大的创造，人的身体结构是上帝最伟大的发明。上帝创造了天使，然后创造人类，上帝让天使向人类敬礼，只有一个人没有来，上帝处分了他，他就变成了魔鬼撒旦，这是《圣经》的原话，但是，后来翻译不那么准确。

如果没有人类的诞生，天使和魔鬼都不能得到心灵的自由，所以，即使伟大的天神和魔鬼，都要再来人间投生为人，修自己，得到彻底的自由，这话太有力量了！我们都得了人身，拍拍身边的伙伴，问问他：你是人吗？我们一生都在干什么？我们干了哪些人应该干的事？你到人间的目的是什么？吃吃喝喝？吃完了睡觉，再吃吃喝喝？这跟动物有什么区别？人是天地的灵，人是天地的心，这颗心，是为了让生命得到提升。不仅如此，一个人好，他的家就好，他的单位就好，所以，好一个人，就好一片天地。所以说，人生是来修行的，人生不是用来挥霍的，人生也不是来作贱自己的。

讲慧命的课程是会有因果的，这些生命相信你，不把他带到正路上去，那是有报应的。所以，我曾经跟梓林说：一定要带着无我的心、无私的心来讲。这样去讲，错了，也是对的，这叫“正人用邪法，邪法是正法；邪人用正法，正法亦是邪法”。最后修的是我们的动机，从动机就可以看到结果。从这个意义上讲，从当下的发生，我们就能判断未来，如果你能切入下去，你也可以当算命先生。该发生什么事，到时候，必然发生，躲不过去的，这叫什么？这叫“在劫难逃”。如果要改变它，必须要自己修，自己去参，必须去承认，承认去接受，所以上北大公益讲座这种课程，真的不是来学“骄傲”的，而是透过这个课程，找到自己的不足，知道自己下一步应该怎么谦卑，这个课程固然有意义，但不要指望老师给你答案，没有答案，因为上天给每个人的考题是不一样的。

人来到这个人世间，就是要考察，上天早就把考卷印好了，这个是你的命。所以，一个家庭里，兄弟姐妹几个人，父母所生一样，环境一样，为什么脾气、秉性，后来的人生遭遇截然不同？因为每个人的考题不一样，必须考试过关，不过关，生命就往下走，过关就往上升。这辈子毕不了业，下辈子再来。所以，我们仔细去观察，如果说这一生你最喜欢的东西，还有你最痛恨的东西，那都是你的考试。如果非要说北大公益讲座是讲什么的，北大公益讲座是领路的，是把你领到一条走向慧命的道路，最后一定是靠你自己来觉悟，自己觉察，自己去修正，自己去体会，自己去证。这个课程，是自觉的课程，所以不能用浮躁的心态、功利的心态来上这样的课程。感谢梓林学长的坚持，四年多来，还有这么些人愿意跟随自己的心，在做这件事，我觉得这条路走对了。

北大公益讲座其实是一趟旅程，这列车已经开动了。这列车向前走，穿桥、跨海、度众生，有的人上车，有的人下车，生命是有限的，新的人再上来，最后司机都换掉了，早晚是要换掉的。这趟列车我们都是乘客，我们都是司机，只要把列车开起来，生命在生生不息，会让我们下一代人，子子孙孙，搭载这趟车，让他的生命不再迷失，生命不再荒废，让所有的人来到这个世界，都不要白白活过。生命到最后什么也剩不下，无论你的容颜、你的美貌、你的权利、你的钱、你的名，统统会过去，最后都要谢幕。

谢幕到哪里去？去哪里？你们想过吗？中国人不想，中国人忌讳这些东西，要想，你想到未来，就知道今天应该做什么，不应该做什么。从今以后，从现在开始，千万不要再发出害人的念头，让我们从此以后，起心动念都为别人好，因为只有对别人好，把爱传出去，自己的生命才真正好，这是永恒的法则，这叫“因果定律”。

我希望在座的学长们，将来人人都能上台讲，讲你的感悟，讲你的做到，讲圣人的“格物”“致知”，讲“大学之道，在于止于至善”。整个儒学就全部概括了，通过我们的努力，让我们的人生，让我们的灵性，达到一个更高的标准，同时，也是利于天下、利于众生、利于子孙后代，一定会做到，我相信。就分享到这里吧。

梓林：非常丰富，海阔天空，真是知识渊博。北大公益讲座基本上就是按照这样一个思路来做的。修行有八万四千法门，有的人适合北京大学公益讲座，有的人不合适。所以我们坚持“来者不拒，往者不追”。为什么要放下“自以为是”，我们并不觉得北大公益讲座好不得了，山外有山，天外有天。下面，我们邀请陈珂学长分享。

陈珂：跟北大公益讲座确实有缘，跟这拨人也很有缘。梓林让我上来分享，其实想说的真的很多。讲讲我最近的事吧。最近，去了一趟英国，参观了大英博物馆，我觉得特别不可思议，全部免费，然后你还可以申请走学者通道，学者通道也是全免费的，你可以去拍照，免费抄它的全部资料。你在那里可以感受到一种伟大的精神力量：她完全不是为了自己，而是为全人类在做贡献，而她的藏品，真是丰富到无以复加的程度，因为到了每一个地方，我最喜欢去博物馆，国内很多，国外也很多，我觉得都没有英国的博物馆做得好。

我去参观过俄国的皇宫、东宫，他们也在展示，但是那个展示跟大英博物馆的展示完全是性质上的不一样，你会体会到，大英博物馆是想告诉你：哇，全人类整个的文化就这么过来的，把每一个细节，每一个卡片，做到极致。我这样做学问的人，看到每一个卡片都会感动，哇，这个卡片做得太好了。比如说木乃伊，在全世界大概有 60% 多的木乃伊都在它那里。大英博物馆会在木乃伊旁边加一个 X 光照片，让你知道，这个木乃伊里面大概是什么情况，做学问的人也好，普通的小孩子也好，都会感受到那种非常心细的布置，而且最重要的是全部免费。你愿意捐，你就捐，你不愿意，看了就可以走。

我们又去参观了伊顿公学，这是英国的所谓的真正的贵族学校，很多首相、将军，都是伊顿公学出来的。二战期间，英国平民的伤亡率大概是5%，而一等公学学生的死亡率是47%。我们看到了它的足球场，这个足球场有三四十个小孩在那玩，足球场的面积有20个足球场那么大。你可想而知，这个学校有多大。而他的平民教育是很Happy的，你愿意学就学，不愿意学就拉倒，相对比较自由。可是贵族的学校非常严格，睡通铺，硬木板，课程安排非常紧张。他们在培养他们的精英。这些学校还要学拉丁文，相当于学最早的母语，如同我们学古汉语，不仅仅是教语言，而要了解先贤圣人说过什么话。大家都知道，语言丰富，才会让思维丰富，思维一定是要由语言来承载，尤其是理性的思维。所以可想而知，要在英国做一个贵族，做一个领袖人物，是非常不一样的。

梓林：国内的人有一个很大的误会，觉得把自己的孩子送到那里去，就能成为贵族，结果接受的其实是平民教育，离当贵族差好远。花好多钱，结果孩子到了那里，天天玩。

陈珂：耶鲁大学校长说：如果我的大学里培养出来的学生，在大学四年当中，学会了一门技能，学会一门专业，他能干活了，那这是我教育的耻辱，我不培养干活的人，我培养什么人？培养一个人格健全的人，培养一个知道自己是谁的人，这个很不得了。

我从1986年当大学老师直到现在，差不多到了30年，形形色色的学生都见过。为什么与北大公益讲座一见如故？一见倾心？我觉得这里有好多好多的东西，都符合这样的一种道理：我是我自己，我是我的，我是我。其实这个词，对于中国人来说太宝贵了。在中国，很多孩子都“不是我自己”。

梓林：所以有些人一年花一百万，三年时间花四五百万去英国学习，回来以后，不知道“我是我”，反而背上了沉重的负担：四年花了父母四五百万，找个工作一万块钱月薪，不吃不喝要五百个月才能赚回来，所以很悲哀，父母觉得给了孩子好多钱，却让孩子一辈子还不了。

陈珂：对，观念不对。我觉得北大公益讲座，要给我们的最宝贵的东西，就是让我们最普通的人，开始明白一个最简单的道理，我是我，我是我的，我是我。

我去英国的时候，我的学生对我说：我们很骄傲。因为在那里学艺术的中国人非常少。例如英国非常出名的伯明翰大学，商学院现在基本上被中国孩子塞满了，一批白皮肤的老师，带着一批黑头发、黄皮肤的中国学生。中国的家长只想把自己的孩子弄去学商科，就是说全是最功利、最找不到北的。这样的教育能够送给孩子什么？每个孩子一年的开销将近二三十万。

梓林：对啊，然后在那里玩游戏机。

陈珂：只是学习如何能够赚钱，去学一个能够成为工具的专业，而不是去学怎么做一个人，进而成为一个有慧命的人。这个真是让人觉得太不可思议了。我这几十年当老师，最深的体会就是，我们的孩子，从小都不是他自己。所以我给我们孩子上课的第一句话，就是《圣经》里面非常有名的一个词，希伯来语读作“耶和华”。它翻译成英文叫“I am who I am”，就是“我是我自己”。如果用三个汉字翻译：“我是我”，四个字：“我是我的”，五个字：“我是我自己”，六个字：“我是我自己的”。我让孩子们把这句话记到他的笔记本上，我说你大学四年，经常有时间，好好的作为你的座右铭，天天看看：“I am who I am 耶和华”。

北大公益讲座其实是修自己，不是向外修，而是向内修，内修的前提是找到那个自己——“耶和华”。北大公益讲座不是梓林学长登高一呼：“我要做公益慈善，你们快来吧。”不是，是各位你们要，是自己来到这个世界，需要找到一个合适的道场修理自己。你自己不修，真的就是六道轮回，你就出不来。

我觉得跟北大公益讲座的因缘早就有了。我们可能不约而同地想到了：中国人出的问题。这 100 多年来，我们一直在追求德先生和赛先生，这里面一定有问题。我们所要的一定比那个还要深。德先生和赛先生都太功利了。整个国家变得特别功利，再加上还来了一个所谓哲学上的唯物主义，误会很深。德文的“物质主义”和“唯物主义”就是一个词。物质主义怎么能成为一个民族的最高信仰？

梓林：所以，就物欲横流了。

陈珂：物欲横流了，很可怕的，你要知道，我们孩子们的洗脑洗下来，物质是第一性的，精神是第二性的，什么叫物质是第一性？如果没有在这层面上来看问题的话，各位想想，我们的后代再后代再后代，非常可怕。

王毅：插你一句话，这是天大的误会。本来唯物、唯心是在哲学的一个命题，哲学是什么？哲学讲本体，说话就是本体。比如说，我说话我就是本体，你就是客体。唯物、唯心讲的是什么呢？如果你看到这个世界的时候，是以谁做本体？是物质做本体，这就是唯物；精神做本体，就是唯心。这是看待哲学讨论的命题，一个分支。所有信仰的唯物主义，是对人家极大的侮辱。

梓林：他的意思是说：你在地球上看到是太阳从东边出来，你在太阳上看到，太阳没有从东边出来，只是两个角度不同，看到这两个角度的不同，就不会二元对立，谁是谁非了。

陈珂：问题在哪里呢？我再梳理一个很重要的结论：中国人把

一切形而上的东西形而下，这是第一个大问题。第二个大问题，把一切高贵的东西庸俗化。

我来讲一个故事，这是我们中央戏剧学院特别牛掰的一个案例课。在二三十年代的时候，西方有一个非常著名的剧目《哈姆雷特》，拍成电影进入中国，被我们中国人庸俗化地翻译成《王子复仇记》。剧中的王子在复仇吗？王子没有复仇啊！整个《哈姆雷特》讲的就是王子不但没有复仇，王子一直在犹豫，在徘徊，在纠结，不知道怎么办？所以才有那句最伟大的台词，叫“To be，or not to be，that is the question”，“是这样，还是那样，这是个问题。”到中国人的手里，马上就庸俗化，翻译成什么？最早翻译成：“是死还是活，这是一个问题。”

可是你要知道，对于一个贵族来讲，是死还是活，还是问题吗？死活对于一个贵族是问题吗？不是问题，就像我们刚才说的那个伊顿公学，47% 的伤亡率，对他来说是问题吗？那个查尔斯王子到第一线，有谁保护他吗？没有人保护他，对于一个贵族来讲，死活不是问题。好，后来觉得不对，再翻译一个，“是生存还是毁灭，这是一个问题”，是问题吗？生存和毁灭是问题吗？是问题，可是它绝对不是最终极的问题，绝对不是莎士比亚说的那个问题。在英文里面，只要我们有点常识，我们都知道，to be 意思是“存在”。“是这样存在，还是那样存在，这是一个问题。”这才是莎士比亚。所以很可怕，我们真的很可怕，我们把高贵弄到低俗还自以为是。

王毅：因为中国人从来没有高贵，没有高贵他就不知道什么叫尊严。我借陈老师的话引申，就是修行要讲究知行合一，否则那个道理飘在空中。一定要让你的认识、认为，成为你的思想、你的灵魂，然后，最重要的是通过你的行为去做到，这叫知行合一，这是良知，是王阳明最了不起的地方。

陈珂：关于北大公益讲座的行，我是深有体会的。去年我们去了山东的运河监狱，一个非常偏僻的地方。我觉得最打动我的是，晚上我们去，那个监狱很多重刑犯，包括死囚。那帮人进场的时候，我们有很多的志愿者给他们鼓掌和微笑，他们整个是麻木的。然后，在讲座的过程当中，我坐在后面。我们中央戏剧学院有一个专门的课，叫“观察课”。我就发现，这些人在课程开始之后，那个僵硬的肢体慢慢开始柔软了，也就是说，北大公益讲座把一个很高深，或者是很高大上的东西，能够在这么短的时间，打动这样一批人，我觉得，这就是她能够一路顺风顺水的原因。

每一个志愿者，在监狱给他们非常诚恳地鞠躬，你想，人心都是肉做的，他们在那种情绪状态里，这样的一种活动，真的给他们带来了那点曙光。

梓林：给服刑人员讲课，非常具有挑战性，因为授课现场有强烈的抵触，充满负能量，我们摸索出一种方法，每次开课的时候，必须我们的志愿者在门口站成一排，列队欢迎，给他们鼓掌，让他们一个一个地进去，就像过安检一样，把他们身上的负能量消散。

有一次我们就吃了一个亏。监狱方面提前让他们进到现场，然后再我们进场。乌压压一片光头，结果把我们的吕静学长吓得头脑空白，在朗诵时竟然一段一段地忘。本来文稿中是“当你走出这道院墙，外面有一片天空，是属于你的，尽管这片天空不会永远湛蓝。”结果从她嘴里说出来的竟然是：“尽管这个天空永远不会湛蓝”。我们一听，麻烦了，那片天空完全被乌云长期罩住，这怎么得了？所以，从那以后，我们特别强调，一定不能让服刑人员先进去，最后，志愿者还要笑脸欢送，给他们送礼物，效果很好。

王毅：说点大白话，严格意义上讲，只要聚众、聚财，宣传一种非主流思想，一概都要抓。现在社会还是宽容的，所以我们从北大公益讲座四年多的经历来看，要感谢，感谢党，感谢政府，给了宽松的环境，要珍惜不要出偏差。对于听众来说，一堂课下来，有一句话受用，也就值了，这是第一点。第二点，因为北大公益讲座比较纯正，纯粹、纯洁、纯净，非宗教、非政治、非灌输，这是关键。第三点，天时到了，几年前来讲，没人听这个东西，大家着急赚钱，现在钱也赚到了，房子也买了，大家都不约而同地想到，到底要怎么样，今后要怎么办，我到底要什么，人生还有没有够，如果你没有德行，你做那么大的事干什么？事业事业，人的事背后一定是带着业，带着业障，没有办法，只有修正德行，你才能利益众生，最后让自己好。否则的话，自己都跑到地狱里了，还不知道为什么，人心都在思考，都在呼唤，都在寻找。这个时候北大公益讲座应运而生。

当然，我们也要看到，顺风顺水可不见得是好事。因为讲这种课程，会讲出骄傲，有的人听课，只把自己的认为，当成了北大公益讲座的说，把自己认为的当成了课程上的听到。回去以后，拿它修理别人，首先修理先生或妻子，修理其他人，把慧命当成对外的工具，从而杀自己，杀别人。这就成了毒药，非常可怕。所以，建议大家，听完公益讲座以后，出去别讲道理，别人讲不过你，这里讲的话，拿出几句来，就把人家杀死，一剑刺死，一步置于死地，这要警惕。

另外，既然上这种课程，又这么嗨，爱心又蓬勃、向上，家里人、身边人给你贴的道德水准一下子高起来了。今天，张迪学长跟我讲笑话，媳妇一吵架，就说："你都上过北大公益了，怎么还这样？"为什么宗教现在都很衰？就是因为宗教有很多东西，有等级。我受戒了，你没受戒，我捐 100 万，你 1 万块钱都没捐，我在念几部经，你有没有？年纪变成等级了。本来教都是一个教，法都是一个法。所谓“人有两种，法无二般”。所以，开这个课程，时时需要觉悟，一颗觉悟的心，叫觉性、觉心。否则的话，好东西会变成毒药。有人死在教堂里面的，信教死在那里，大有人在，到底是谁说错了？基督教的教司说：《圣经》没有错，你到底是传上帝的教，还是传你自己的教呢？十字军东征，打耶路撒冷，到底是上帝，还是自己要去抢财物？一样，北大公益讲座，不会成为任何宗教，尽管我们会引用不同宗教的不同观点。但我们是非宗教的。没有办法，人世间的智慧词语，在宗教里面拿来用比较方便。一路顺风顺水，大的方面是好的，但具体到个人身上要时时警觉，不要迷在这里，千万不要变成骄傲。

梓林：心有灵犀，我们想到一块去了。为什么做得很顺，因为我们的大环境好，允许我们这样做。真是很难得，陈珂老师去年跟我说：你这个家伙，几千人聚众，没人找你，人家 50 人都要报公安局，你讲了四年多，而且跨越两代中央领导人，能够让你这样讲，说明我们的国家和社会的确进步了。

同时，我们也要看到，一顺就容易翻船。所以，顺风顺水告诉我们，在你顺的时候，要有危机感，要不断提醒自己。还有一层意思是，千万千万不要把北大公益讲座这个东西用来修理家里人，如果你去修理他们，你知道吗？他们会恨我的。学了那些知识，用在家人身上，你一句话就把人家顶到墙角，让人家说不出话来，他们就会怪我的啦，所以，我拜托大家，不要让你家里人恨我，这个很重要。

下面，我们来分享第三个主题“平民公益的生存空间”。我们做的这个平民公益，是一个没有钱也能做得起的公益。那么，这样一种平民公益，在当下中国社会，到底有多大的生存空间呢？

陈珂：我的一个学生，现在在做联合国教科文组织的世界妇女组织理事的助理，他说，全世界大概 70%—80% 的人是有神论者，有 20%—30% 的人是无神论者，而无神论者中有 80% 是中国人。你要知道，一个不敬畏神的人，是很可怕的人，陀斯陀耶夫斯基是一个非常伟大的俄国作家，他曾经说过这样一句话："如果我不信仰上帝，我就什么都敢做。"

中国人以前有一句话，说"举头三尺有神明"，也就是说，如果当你不信仰，没有一个有神论这样的世界观的时候，作为普通人来讲非常可怕，因为属于他的教育不够，他的理性也不够，他就完全凭本能去生活，这样的人真的是很可怕的人。那么你想想看，出去做公益，实际上就是与人为善，劝人为善，全世界的公益都是一颗善的心，发出一颗善的心，慈悲、慈善也好。然而，要在平民阶层里面做到这个，它有非常大的难度。

王毅：修行是一件很难的事，确实难，我当时对儿子发誓：儿子，我不打你，我不揍你，后来还是打。发誓，不再生气，还是生气，确实很难，这个习性没有办法，只有靠次数。一件事情与自己原来的计划不一样，马上那个火就上来了。所以，佛家讲，不怕念起，只怕觉迟。因为每天会遇到很多事，就是儒家讲的：必须要有事干，事情不出来，根本看不出你的修为在哪，德行在哪，必须用事来修。人都是希望好事，然而坏事来了怎么办？当你发现你不喜欢的人、不愿意的事、不爱听的话，恰好是修的开始。所以，修是逆着来的，叫逆来顺受。修行人不能去批评别人，只能批评自己。慧律禅师说过："若见他人非，自非却是左，他非我不非，我非必有过。"记住，听到不爱听的话，遇到不喜欢的事，看到了一个让你烦的人，所有一切的不愿意、不喜欢等等，这个事出现的时候，马上觉得这开始修你了，必须接受，放下它，消化它，而且面带微笑，过去了，这个业就不在了，否则，下次来更难，还有更坏的、更烂的等着你，如果这辈子了不了，下辈子再来，难度更高。

梓林：王毅学长讲的，不怕念起，只怕觉迟。建新会很有体会。他现在修得不错了，"觉"很快了。原来在公司，一生气就拍桌子，现在能够在手举起来的那一刻产生觉察，于是就不拍桌子了。这是一个不断自我修正的过程。一开始的时候，你跟人家说"光明圆融善"，未必就真能做到，你还会发火，会破功，破功之后，再慢慢修。光明圆融善不是一天修出来的，冰冻三尺习性很重，非得水滴石穿不可怠懈。

陈珂：说点体会跟大家分享。我这几十年总结出来的经验，就是永远只表扬，不批评，永远只看到孩子哪怕有 1% 的优点，你就把那个 1% 很可劲地去说他好，我从来不给我的学生低于 60 分，再差都要让他及格，原因是人生是试错的过程，尤其是年轻人。《圣经》里有一句话特别打动我，"这个世界上没有善人，连一个都没有。"所以别让自己变成一个善人，那一定是虚的，因为你实际上做不到。

那么，我们能做到什么呢？就是一定学会原谅自己，一定是学会先原谅自己，才会去原谅别人，先原谅那些调皮捣蛋的小孩，先看着他们哪怕是 1% 的优点，而且把这 1% 拼命扩大，你会发现，四年下来，他的那些好的部分、正能量的部分，真的会越来越多。我觉得，修行其实就是首先承认我们不完美，我们才修，而且是时时刻刻地修，只要你活着一天，你都在修。而且这个修一定要把自己心里的那个"耶和华"带动起来，那个神性调动出来，因为我们的本性也好，我们的肉体也好，有太多的欲望，有太多的问题，但是，这些欲望和问题，一定要看到它是好的，真的是好的。所以，当你把那个神性，也能够带动起来的时候，你就表现出道德的高度。

伊甸园里面两棵树，一棵是生命的树，一棵是善恶的树。为什么上帝最早让我们吃善恶树上的果子，而不把那个生命树上的果子给我们吃？如果我们吃了生命树上的果子，长生不老，岂不就跟神一样了吗？当我们吃了分辨善恶树上的果子，我们就可修了，修行不就是修善吗？当你想要让自己变善的时候，纯粹靠自己本性的自悟力量，还是有问题的。需要佛经上说的"如是我闻"的力量，这个来自最终极的力量。如果没有那个力量来支撑，靠你那点挣扎，你挣扎不了，你照样天天要拍桌子打板凳。这是我的一点体会。

梓林：有人问法师："为什么要拜泥菩萨，不是说佛在心里吗？"法师跟他说："你打篮球吗？""打啊。""你打篮球干什么？""锻炼身体啊。""是啊，锻炼身体，你就跑跑跳跳就好了，去抢那个篮球干吗？""没有那个篮球，我们跑跑跳跳，不就跟傻子一样吗？""是啊，你已经知道，打篮球是锻炼身体，那么，心灵也需要锻练，所以要参拜。"

陈珂：如果像尼采说的：上帝已经死了。上帝只是我们投射在宇宙中的"我"而已。那真是太狂妄了。宇宙之所以发生，如那个弦理论说的，弦的震动，135亿年，就到了今天。这里面一定有一个超越我们被造物的力量，就是造物主的力量。如果你不凭借那个力量，你很难征服自己。就像苏格拉底说的，诗人，不是你在说话，是神凭附在你的身上，让你说。

梓林：这就是中国人说的"神来之笔"。

陈珂：对！"神来之笔"，外国人就说中国人很牛掰。什么叫"神来之笔"？是神让你执笔写他要说的。那个力量，一定是你要去和宇宙最终极的东西对接的时候，愿意匍匐下来的时候，才能打通。

人是多么骄傲？按照周敦颐在他的《太极图说》的说法，"唯人也，得天地之精华而最为灵秀。"我们人类是最独特的一种存在。其他动物脊椎都是横着的，就我们人是竖着的。就像爱因斯坦说的，你看这个地球上的这只臭虫它的世界是二维的。只有人跟臭虫不一样，我们是三维的，我们是站起来的。想想我们凭什么站起来，是凭“如是我闻”的力量。这太了不得了。所以，还有一句话，叫“上帝与我同在”。如果他不和你同在，你根本一点力量都没有。所以，我们要打通那个通道，要有敬虔之心，这是我们古人说的。

梓林：谢谢。北大公益讲座到第三阶和第四阶，我们会深度研究王阳明的心学。我们已经找到一个很好的地方——丫山，在那个风景秀丽的地方，我们可以与自然融为一体，共同学习，共同成长。

修行是一条漫长的回家之路。一直往前走，到了，就知道，知道了，就还没到，慢慢学，坚定地走。到底多长，我也不知道，但每走一步，就会近一点。北大公益讲座走到第500场了，但这只不过是万里长征的一个新起点。

陈珂：我跟梓林已经认识很长时间了，但是，真是北大公益讲座把我们拉得这么近。一段时间以来，因为要出书，还有一些其他杂杂八八的事，参加北大公益讲座的活动也少了。但是，慧至堂的群，我是特别关心的。

我觉得北大公益讲座还是要坚持平民化的道路，这是特别关键的。在一些发达国家，也有这种公益的讲座，平民化是它的显著特征，怎样把最深奥的东西，变得浅显，变得深入浅出，变得有操作性，同时又非宗教、非政治、无组织、无纪律，这是一个重大的难题，也是我们生存的重要前提。当然，没有组织，就没有力量。所以国外的公益，做组织很有一套。在我们历史上，中国人缺少公益，是因为皇权至上，什么事都由官府来解决，没有真正意义上的社会自发的公益群体。

今后，除了我们这些课，是不是还可以办“王阳明心学”之类的短期班，如果可以，我也可以来做，比如《中国思想流》课题的讲座，再拓展一些发展的空间。

王毅：再拓展一些发展的空间，这个想法好，非常好。但是，关键在于，千万千万不能把这种课程当作讲道理，讲道理的课程对人毫无帮助，包括讲阳明心学、讲儒家、讲宗教、讲哲学之类的讲师团，太多了，但讲的人不做，只是知而不行。所以，关键是我们这些志愿者必须开悟，先要把自己修好，这个做不到，上去讲话，讲的全是知识，没用，没人信。同样的一句话，谁来说？过来人有资格说，他过来以后，他说的话，对别人就有帮助。否则听众一下子就打断你，因为你没修过，你说的还是道理。只有自己真正去做到过，去成就过，这个时候你的说，才有力量。搞话剧、戏剧、微电影，搞什么都对。“心生万法，明心见性”，你不按这个法门，怎么整，都会出一大堆问题，很烦恼的事情。

所以，我们下一步要认真探讨一下，具体从哪个地方入手来修自己，可以以儒家兜底。孝悌忠信礼义廉耻，一门深入，就能修成，修成的人，才能成就世界，才能成就天下，不是成功，是成就。当然，是我们大家互相修，这样才能成。成了以后，你回头再来翻这些经典，你会发现，经典都在给你做注解的，这时候你随便翻一个出来，拿出来去讲，八九不离十，都是对的。所以，为什么佛家说：教学生教开悟，才对得起人，对得起人，就要把人家教明白，首先自己要明白。

梓林：不做“以其昏昏，使人昭昭”的事，是北大公益讲座讲师的底线；不说“让别人去行，而自己却不行”的话，是北大公益讲座讲师的道德自律。

王毅：“青出于蓝而胜于蓝”，“见与师齐，减师半德。见过于师，方堪传授”。这是中国的师道。我的老师，没有一个是北大毕业的，连本科都没有，都是专科生来教我们这些北大的学生。

梓林：所以，北大公益讲座鼓励志愿者上台当讲师，而且相信大家都能“青出于蓝而胜于蓝”。

王毅：当讲师不是练说，重要的是要从事上修，从基本的接人待物、为人处事上修。从事儿上见一切功夫。

梓林：知道了，然后做到。

王毅：知道了，要做到；做到，才是真实的知道。所以，阳明讲“知行合一”。“知行合一”的本意是：知就是行，行就是知，根本不是两段，不是两张皮，是一体。

王毅：知行合一就是：有错就改，马上就修正。对，人家不满意，我就马上修正。日本民族就有这个精神的，所以它强大，只要你不满意，我马上修正，即使是我的错，我也道歉，让你愉快。做错了道歉，是应该，自己没有犯错，也道歉，这是为什么？这是德行。我们要修出德行，那我们就有力量了。

王毅：所以北大公益讲座就是一个平台，这个平台是开放的，包容的，最后是我们大家一起烧火，一起来把自己炖熟，让人生彻底的通达，那个时候，才是真正的光明、圆融，也能达到自善。火烧起来了，这火要烧得旺，要把饭煮熟了，要把大家都整明白了，炖熟了，大家一起烧吧，自己上火烧自己，自己修自己。

提问答疑

张沙圣：我有一个问题，想请教一下。我们都知道，人生最终需要获得的是智慧。我也希望具备人生的智慧，有没有一个方便法门？能获得智慧，怎样去修，才能把智慧修来？

王毅：你现在成了学习的虫子了，你现在已经把自己陷到知识里头，我可以告诉你，根本就没有智慧这个东西，智慧是空的。刚才梓林学长已经给你说了一道法门了，那套光盘继续听。

可能你最大的问题是太执着，特别自我，“我执”很强，破这个东西有一个方法，有一个 21 次定律，不断重复。比如说，你刚才讲到做事，这个事没做好，想改，下次又没做好，是不是同一件事？可能反反复复又来了，你现在能觉察到：“我没做好。”这已经是很大的进步了。已经是有智慧了，已经有觉悟了，不要着急慢慢来。罗马城不是一天修成的，你着什么急？而且，除了睡觉、吃饭、上班，你有多少时间用心在觉察自己？然后破“我执”。“我执”为什么一定要破掉？因为不破掉，这种课听 100 遍也没用，因为讲的东西，都被你那个“我”吸纳，你认为不对的，就排斥，认为对的，就强化，结果又继续强化了“我执”。最后告诉你，没有方便法门。

鲁瑞清：请教一个问题，宗教能不能解决人的根本问题？对于宗教层面、道德层面、信仰层面的东西，我都很尊重。但是对于人类的未来，我很困惑。我最近看了一本书《耶路撒冷三千年》，虽然没看完，但已经感觉到：这三千年就是整个人类在宗教演进的过程中，争斗、抢夺、杀戮等等，这个问题直到今天，还在延续。所以，我不知道对宗教应该怎么去把握，怎么认识？谢谢。

陈珂：你的问题真是一个挺大的问题。我的体会，宗教，其实整个人类，就是我们活着这个过程，你看到的其实是《旧约》的那些部分，你看整个《旧约》都是在杀戮，而且杀戮是非常残酷地杀戮，宗教的战争是最残酷的战争，那你为什么还要有宗教？我也很难做出一个最简单的、最确切的回答。我觉得，这是因为我们本能地就需要塑造神。

你看蛇引诱夏娃，一句最关键的话是：“你们吃了这个果子，就可以像神一样。”这是对人类最大的诱惑，全部的诱惑，都超不过这个诱惑。因此，在欧洲有一个非常伟大的思想家叫歌德，写了一部《浮士德》，这个浮士德博士，把他全部的灵魂和魔鬼签了一个契约。人类最高的欲望，就想成为神，这是我们的本能。

所以想成为神，就成了每一个人类最大的野心，那你说这个野心是怎么解决？靠什么来修？靠什么来做？如果没有这样的野心，那人类的那些战争，它的价值，它的意义，如果我们从这个方面来考虑，它就没有意义了。但是，从另外一个角度讲，我觉得宗教是与人的本能之间的争斗，“道高一尺，魔高一丈”。

在修行的过程中，我的体会是很痛苦，多么地痛苦啊！我的心，向往神，可是我的全部的四肢，都让我朝着魔鬼，就像一个浮士德。

因此人类正是在这样一种挣扎的过程中，一步一步地去看到，生命的重要、爱的重要。

儒家讲到最后，佛家讲到最后，《圣经》讲到最后，都是一样的。佛教讲慈悲，儒学讲仁，基督教讲爱，包括伊斯兰教，它一定要有一个最后的归结。也就是全部的挣扎、杀戮、流血、牺牲，到最后其实都要有一个基本的归结，那个归结是仁者爱人也好，慈悲也好，博爱也好，最后都是善，而不是恶。为什么要这么归结？就是因为它一定要把全部的投射到给人以神的欲望，变成投射到宇宙的最终极力量，如果没有这个，我们生命全部的意义，就不存在了。所以，我觉得宗教的意义，其实就是这么简单。

王毅：瑞清学长是一个很追求真理的人，我也看你在网上写的分享的一些东西。无论有多少种宗教，这个世间都不会达到你满意的状态，换句话讲，无论哪个宗教，都不可能让这个世间变成一个人间的天堂，不可能。为什么？上天为什么设了这么多教？而且，一个教里头要搞出很多门牌来，都说是真传的先知，都说是真正的神。除非是真正的过来人，才能看明白这个事。99% 的老百姓，哪里懂得这么高深的东西？那是根据需要，从上天传下来的。这本身就证明，人太复杂了，就说中国的广东，在广东你要细看，也是一个联合国。我听说这个村听不懂那个村的话，就这么复杂。

中国还有儒家、道家、佛家，最早传说中有一个中华昆仑神教，九天玄女的信仰，那是中国真正的老祖宗，中国的母亲，九天玄女，女娲。人太复杂。但是，所有的众生，不管是黑人、白人，还是非洲人、美洲人，不管体态如何，甚至于还有很多生命，不是上天来的，都是回不去，（是）堕落下来的，上天很慈悲，不希望自己的后代子孙这么沉沦，所以救大家，所以针对中国人，就有中国人信的教，针对欧洲人用基督教。

宗教特别深，也特别虚，只要你能认真地潜心进去。先是了解它，然后是突破它，把所有人的观点综合并突破之后，你要自己证得，这是宗教存在的意义。如果大家都不修，这个教就没有用了，最后自然灭亡，最后变为形式，那个形式是救不了世界的。

郭梓林：北大公益讲座为什么提出“非宗教、非政治、非灌输”？因为，真正要涉及宗教的问题，需要很丰富的知识，而我们实在是不懂。不懂的话，不要去乱说，“以其昏昏，使人昭昭”，那要造孽的。你不知道，就是不知道。“我只知道，我不知道”。——这是第一阶一再强调的内容。不去涉及宗教，我们只是讲文化，什么教都可以来听，来分享，来者不拒，这应该说是我们作为宗教外行的明智选择。

曾经有一些志愿者问我：“为什么每一次开场，你都要说‘非宗教、非政治、非灌输’？讲一次表个态就够了，讲那么多次，每次还要讲。”我回答他：“对，就是要每次都讲，因为北京大学对我有交代，不要涉及宗教，不要涉及政治，不要涉及民族问题。我是有承诺的。我们这样说，并不是说不准讨论宗教，只是我们的课程不涉及宗教，而且我们会接受所有宗教的优秀的东西，会引用不同宗教的不同观点，我们只是不属于任何宗教派别。

北大公益讲座，不管是第一场，还是500场，还有以后的千场，第一，要活着，要能活下去，不要被自己的误判等因素绊倒。王毅学长刚才说了：面对所有的宗教人士，我们就说文化，说完了你自己按照你的教义去做就好了。到这里来，就分享我们的课程、我们的主题。我们不想把你拉过来，也不会被你拉过去。这是北大公益讲座求生存的法则，我们不会跟这个社会有什么对抗性的说与做。

我们自己就讲是圆融。什么是圆融？就是对世界、对人和事的平等心，圆心到周边的每一点，都是一样。北大公益讲座这一圆圈外面，有各种的教，有各种的观点，有各种的主见，我们跟他们距离都平等，都一样，这就是我们讲的圆融。北大公益讲座靠着这个，让所有听过课的宗教人士，都认为这个课与自己的信仰一致，至少不矛盾。我们要的就是这个效果。北大公益讲座能生存下来，原因很多，有一个重要的原因，就是既非宗教，又与各种宗教和平相处。

我们不超时了。明天下午两点到七点，我们将举办别开生面的“第 500 场暨深圳第 100 场”。从严格意义上说，这不是第 500 场，既不是第一阶，也不是第二阶，更不是第三第四阶。肯定是很好玩的，很嗨，很 Happy 的，相当于春晚有一系列的环节，每个环节都非常紧凑。任何一个环节，都不会超过 15 分钟，好多好多的节目、好多好多的作品展示，其中有三部新片，是专为第 500 场制作的，明天首播。明天精彩纷呈的五个小时，不会再有第二次，而且不会让你疲惫。我们还为所有参加活动的志愿者和听众准备了一套六件装的礼包，很多惊喜，等着大家一起来揭晓。

最后，感谢深圳的志愿者，承办了这次活动，关照全国以及海外来的志愿者，为此做出了不一般的付出，让我们以掌声表达我们诚挚的谢意！今天的分享会到此结束，感谢大家！

梦想时分

柯言／深圳 001 志愿者

认真相信梦想！

两周前，我出差到北京，因公司的事务向梓林学长请教。那晚，梓林学长语重心长地对我说："言者以言传志，志者以志发言。柯言是也！北大公益讲座已经走过 500 场了，这 500 场中有 100 场是来自于深圳。你是深圳 001，是时候你该站上讲台开讲了！"刚巧这时候唐岚学长打电话来，于是就促成了这场《梦想者的天堂》第 12 期课程，也成就了我在北大公益讲座的处女秀，虽然迟到了近四年。

《梦想者的天堂》，这个名字很美，因为我认为自己一直是个有梦想的人。当我答应上台开讲的那一刻，我开始认真地思考，我将梦想用我惯用的思维 ABC 三程式来解读："天堂的架构""梦想的次第"以及"爱的每时每刻"。

A. 天堂在哪里？最近，王毅学长在深圳做过一次分享，关于生命的到达和天堂在哪里。他说，按照佛家的说法，天有 28 层，从四天王天，到非想非非想到天，每一层天都有不同的境界，不可思议，只有达到了那个境界才能够有体会。我们对于这个世界的认识，也是在人生的各种不断的发生中体验，在体验的过程中不断地反馈，从而完成的。

有一天，我带儿子到深圳东湖公园，躺在草坪上晒太阳。看着湖面飞起的白鹭，我问他："儿子，你的梦想是什么？"

他很认真地对我说："爸爸，长大以后，我要变成狮子、老鹰和鲸鱼。"

他开始绘声绘色、手舞足蹈地形容这三种动物自由主宰海陆空世界的模样，而我听着听着，眼泪禁不住流了出来。我在思考，我该创造一个什么样的世界，好让我的儿子实现他不止一个而是三个的神奇梦想呢！

在我们的童年，我们也有许许多多对于未来的想象，纵横四海，不可一世，然而随着年龄渐长，我们越来越接受自己成为一个普通人，成为一个辛辛苦苦营营役役的普通人，不再去想象奔跑、飞翔和遨游，我们接受了各种制约、条件和不可能，我们接受了世界呈现的样子 。

来到北大公益讲座，通过"光明圆融善"的讲和做，我们发现世界可以不是这个样子。通过善意的流动，我们可以看到教授眼中的激情、囚犯脸上的笑容、官员的思考、商人的疑惑、父母的期盼、孩子的梦幻以及我们每一个人身上的善良。原来每一个人都一样，有善意，有梦想，通过无数次平等无所求的交流，我们可以看到这个世界因为我们正在做的这件事而有所改变。

现在，我们可以看到这个世界完全不同的崭新的架构，更多的美好呈现眼前，即便有黑暗挫败，我们也一笑置之，因为一切都会过去。让每一个接受过我们服务的生命光明圆融善，这个梦想好像越来越近。我们在北大公益讲座，努力地让那些曾经温暖照亮过我们的点点烛光，同样去照亮别人，照亮世界。我们发现四海之内皆兄弟，这个世界如此美丽。我们发现，需要创造一个自己热爱的环境，和我们所爱的人在一起，和我们有共同追求的人在一起。

B. 梦想在哪里？在接触北大公益讲座之后，我开始再一次思考自己的人生，找寻我自己的路。2010 年我离开待了 15 年的国企，下海投入民企工作。2011 年参加讲座，然后 2013 年自己创业。在打拼的过程中，我尝试了农业、化妆品、房地产、酒店、互联网、创投、并购、环保、能源，不断去学习，不断去开拓，寻找让自己心安理得的事业。北大公益讲座打开了一扇门，我看见门里是我那颗驿动的心。

我对于事业的追求，早已不再是体面风光，不再是快钱暴利，不再是潮流时尚，而是要求有道德，有理想，有责任，有未来。我发现，梦想就是对灵魂的追问。在追求自己事业的道路上，人会看见自己心量的大小和梦想的次第，人会不断地提升和放大自己的价值。实际上只要扪心自问，就会发现，我们无一不是生活在自己的梦想里。北大公益讲座提出的“光明圆融善”，不过是将我们心中的良知，以及灵魂的诉求，告白天下，变成我们的说和做。

C. 现在怎么办？王阳明说，知是行的主意，行是知的功夫，知是行之始，行是知之成。这就是知行不二，知行合一。看见天堂的美好，看见梦想的未来，于是我们明白，热爱生命，有必要成为一个日常习惯。爱就是勇敢，就好像恋爱，两个没有血缘关系的人萍水相逢，然后决定以后一辈子共同生活，这么勇敢的决定，就是来自于彼此心灵的沟通。爱情是如此，实际上，各种关系、各种组织，亦是如此，不可或缺的就是心灵互动，深度交流。

因为有爱，一切都是自己，一切都是应该的，全然投入，心甘情愿，然后哪怕艰难困苦，都是心满意足。人生每一次的进步，大多数的情形，也是因为有爱，因为有那么一个、两个人愿意推你向前，让你勇敢踏出那一步，超越原来的自己，于是带来完全不同的新世界。

我是一名梦想者，也是一名志愿者，我今天勇敢地踏上这个庄严的讲台，开启了人生中的第一次，首讲献给了深圳，因为这里是我的梦想真正起飞的地方。我祝福所有志愿者，在每一个梦想时分，拥抱最好的自己，用爱来守候自己的天堂，用做到来实现我们世界大同的梦想！

500场，我来了

宋传杰／深圳036志愿者

世上没有做不到的事，只有不想做和不愿做的事。

早在七月泰山三阶11期，我就听说北京大学公益讲座的第500场，将会安排在深圳举办。当时，我就激动了好一阵子，一直在思量着500场时我该做点什么，能做一点什么，现场服务是必需的，还能付出一点别的什么吗？

一直在想，想，想！终于想明白了：应该把我接触北大公益讲座之后的变化展示给大家。对，就这样办，好像开悟了。

如何展示我的变化呢？上台讲课这不太可能，因为500场不是一般的分享会，我也没有这个口才。还有什么呢？又是想，想，想！我想起来了：在泰山三阶时，我有机会给大家朗诵了《小孩与海》，后来去丫山和青岛参加家庭高端分享会，以及在深圳的分享会上，我有过多次机会与女儿朗诵《回家的路》，每次都受到了学长们的肯定和鼓励。这不就是我的变化吗？从一个觉得背文章是件天大难事，变成不但可以背了，还能站在众人面前朗诵，这就是我在北大公益讲座里学到的“做”，确实一“做”就“到”了。

想好之后，我就开始准备《小孩与海》的朗诵。从字的发音到对文章的感情投入，再到合上音乐。我把正在参加朗诵培训的大女儿阳阳找来，告诉她这是个很好的学以致用的机会，让她来分担朗诵中有关小孩部分，而且由于阳阳也是志愿者，在准备的过程中，我又决定把“今天，我终于明白了，为什么我们志愿者服选择了蓝色……”这段话也交给她朗诵，这样可以为朗诵增加新鲜感。原以为这件事要与女儿进行“攻心战”。没想到，女儿非常爽快地接受了我的提议，立刻进入“备战状态”。

时间很快就到了 2015 年 10 月 13 日。下午，我带着兴奋而紧张的心情一路飞奔，早早来到富临酒店。先到的学长们正忙碌着活动前的准备工作，我赶紧加入其中。在接待工作中我被分到签到组，负责引领到会的学长，发吊牌，指引文化衫领取。要用自己热情的微笑，让来自全国和日本的学长感受到回家的轻松和喜悦，在服务的过程中，我们看到学长们幸福阳光的笑脸，心里暖洋洋的。

下午两点，活动准时开始。当听到唐岚学长宣布“下面我们有请深圳 036 志愿者宋传杰和她的女儿深圳 666 志愿者庞佳婕，为我们带来配乐诗朗诵《小孩与海》”，说也怪，要是以前，我的小心脏一定是快跳到嗓子眼了。可是，就在那个当下，我居然一点都不紧张。这就是爱的力量，大家满满的爱，给了我勇气。我牵着大女儿的手，走上舞台中央，来到最适合摄像的位置。音乐响起，我们陶醉在了蓝色的大海中，无比喜悦地完成了朗诵。

课程休息期间，老师与学长们过来和我们母女拥抱，给予了鼓励与赞美，可是我知道，这次我敢走上这个舞台，要感谢梓林学长一次次地鼓励，唐岚学长给了我无数次锻炼的机会，而这次上台的机会是如此的殊胜，让我终生难忘。

北大公益讲座是一个神奇的道场，北大公益讲座让我的家越来越融洽和睦幸福。500 场已经过去，期待 1000 场，那个更好的自己，再次与北大公益讲座一起绽放！

难忘的经历

庞佳婕 / 深圳 666 志愿者

让每一个接受过我们服务的生命光明、圆融、善。

在一个骄阳似火的午夏，我和大姨兴高采烈地来到了北京大学公益讲座深圳第 500 场的活动现场。

一走进富临大酒店的大门我就看见一个熟悉的颜色，那就是志愿者蓝，他们看到我们，热情迎上来欢迎我们，给我们引路。我问大姨："他们为什么在这里呀？"大姨说："他们是在这迎接来参加活动的志愿者呀！"我一下子被他们的热情打动。

乘扶手电梯，我们来到三楼的会场，哇！明亮的灯光、动听的乐曲，每个人的脸上都洋溢着幸福的微笑。

妈妈说："我们去练习一下吧，别一会儿忘词了。"

我说："没事，我都会了！"可是妈妈还是坚持去后台练习，我也只能跟着去。反复练习了好几遍，没有出错。妈妈笑笑说："你可以去玩了。"我嗖地就跑开了，看到阿姨在摆水果和点心，我也去帮忙摆了起来。

活动开始。首先，大屏幕放映了一部感人的微电影《深圳走过 100 场》，然后，又有几位志愿者上台演讲和朗诵诗歌，正看得入神，突然，妈妈跟我说快轮到我们朗诵了，我开始紧张起来，紧紧地握着妈妈的手。妈妈说："没事，平时怎么练就怎么说。"

很奇怪，上台后，我直觉得一阵阵暖流流遍我的全身，让我感到兴奋，心里只想，我一定要好好朗诵。太棒了，我和妈妈配合得非常好，没出一点儿差错，完美地结束了表演。下来后，好多伯伯、叔叔、阿姨过来拥抱我，夸我，我都有些不好意思了。

现在，我明白了一个道理：只要有一颗光明圆融善的心，就一定能成功！

500场，我们共同走过

敬萍 / 北京022志愿者

走向光明，学会圆融，坚守善良。

2015年10月13日下午两点，北大公益讲座第500场在深圳富临酒店正式拉开序幕。来自全国各地的志愿者穿着玫红色的文化衫，脸上带着灿烂的笑容，迎来了期盼已久的盛大庆典。

想起创办初期，我对课程内容并不十分理解，当时北大公益讲座还只有一条理念，“让每一个接受过我们服务的生命光明圆融善”。我听了课之后，参与了志愿者服务工作。

开始时，我的具体工作是在每次开课前一周，用电子邮件向志愿者提供的朋友名单，发出邀请通知书。然后，提前一天用短信发出温馨提示。很多听众对电子邮件和短信不予回复，或者回复不确定。结果每次都无法统计确切人数。当时心中特别生气，觉得做人不应该这样，从礼貌上讲，无论是否参加都应该给个明确的回答，这应该是为人处事的基本常识吧。

随着时间推移，随着对公益讲座理解逐渐深入，我感到那时的想法确实可笑。当自己都不能光明圆融善的时候，如何以光明的心态给到周边的人，又如何让别人相信这是一堂光明圆融善的课程呢？

想当初，我还对志愿者编号有过纠结。为什么我这么早加入志愿者队伍，却不能选择靠前的喜欢的数字，而是按照我的生日排了个“22”呢？怎么想都觉得不好听。终于有一天，我向梓林学长提出了这个问题，他说：“生日很好记住，难道一个数字前后很重要吗？”听了这话，我忽然释然，对呀，我居然傻到为一个数字纠结，这在前在后好像也并不重要呀。这时候我知道了，圆融的心态，是我们生活中点点滴滴的践行，并不是在台上“大彻大悟”的分享。

一路的践行，我发现自己有太多不足。我们常说，北大公益讲座应该是“讲做”。这说的就是志愿者的第二条理念：“用我们全部的做到，证明我们全部的说是真实不虚。”我们只能在“做”中去完善自己。就拿盖章这项工作来说，刚开始我对盖章的心态是“完成任务就好”。所以刚开始的时候，手力度不一，印泥翻调不均匀，摆放位置不正，盖完之后仔细一看，就能发现不用心。当时并没有觉得这其实是自我成长的一次历练。后来才感受到，其实盖章是对整个作品的一次画龙点睛，是对工作态度的一次考验。如果抱着“反正别人过几天就会弄丢，也没有人会细看”的心态，那这幅字就失去了它的意义。在做的道路上，我还要不断地修正自己，抱着修正自己的心态去做事，或许会获得巨大的收获。

跟随北大公益讲座，我也真正体会到了享受付出的快乐。无论是在课堂上，还是在现实生活中，首先要站在对方的角度去思考，想的是自己所做的一切是否对别人有所帮助，那所有的付出就会变得很喜悦。

就拿朗诵来说，我知道北大公益讲座的每首诗和音乐都是可以打动人心的，而在北京有一段时间，主持人和朗诵者总是不能确定下来，开课前，我要为谁来主持、谁来朗诵不断打电话。这个过程很让人苦恼，但我却从来没有想过自己去承担。因为心中对自己是否定的，对上台是胆怯的。终于有一天，被桂林的陈仕燕学长敲醒。

后来，我发现只要敢冲破心中的枷锁，只要甘愿付出，其实没有什么做不了的事情。我下定决心，一定要上台朗诵。我参加了业余中老年朗诵团，请教专业老师，学习情感的掌握。把注音标好，努力矫正自己的南方口音。当我把一切都准备好，我发现上台朗诵的障碍已经荡然无存，并且享受这种艺术带来的美妙。这次我在江西赣西戒毒所，当着1500名戒毒人员、200多名戒毒人员家属和干警的面，朗诵了《假若自由明天来临》《回家的路》，一点都不紧张，反而非常享受。

现在，我经常在家里播放北大公益讲座的音乐，每当音乐响起，我的思绪就回到第500场的现场。借用梓林学长的话："一切已经过去，明早六点出发。"是的，一切已经过去，太阳照常升起，继续出发，继续践行，要把光明圆融善带给更多有缘的生命。

来就好，爱就好

刘念 / 赣州 016 志愿者

念念分明，知行合一。

2015 年 10 月 13 日，注定是个非同寻常的日子，注定是个令人终生难忘的日子。

这一天，是北大公益讲座“第 500 场暨深圳第 100 场”的欢庆之日。在深圳的富临酒店，全球志愿者从四面八方汇集而来，共享这一场别开生面的盛典与盛宴。

其时，深圳的天气已逐渐变凉，但是会场内却分外温暖，那是一片桃红的世界，是一个个绽放的生命沉浸在幸福的海洋。笑容最灿烂的八十不老的北京 076 志愿者梓林学长妈妈，今天格外神清气爽；而年轻的学长们，今天格外激情四射……

这里有知识渊博的北京 000 王毅学长，中国戏剧界学者北京 777 陈珂学长，有气质不凡、飘飘欲仙的北京 024 杨玲学长，还有多才多艺、气宇轩昂的来自东京的日本 001 程波学长等等。这一群怀着同样梦想的善良人，组成了一个充满快乐、充满爱的大家庭。

近六小时的庆典活动，美轮美奂，精彩纷呈。这是一场属于北大公益讲座志愿者的晚会，不是春晚胜似春晚的文化大餐。《让梦想照进现实》《讲座其实是讲做》《付出从分享开始》《让生活更加有趣》《我们走在大路上》，五大板块容纳了20个环节，环环相扣，别开生面，令志愿者惊叹不已，掌声不断。在这六个小时中，我们收获快乐，收获智慧，收获成长。

诚如深圳001柯言学长所言：走进北大公益讲座，你不知道惊奇与喜悦从何而来，何时会结束；你不走进北大公益讲座，你就无法体验到北大公益讲座的内涵和精彩。

杨玲学长分享《相信善良》，让我们相信自己。她朗诵《灵魂的守望》，声音极富感染力，仿佛能穿透每个人的心灵。来自日本东京的程波学长，连说带唱更是精彩，让大家再次感受到什么是“出口成歌”，他深情演唱《母亲》，令不少人热泪盈眶。

而博学、睿智、谦逊的陈珂学长的演讲，字字珠玑，他所言“求真创造美”，正好对应“光明圆融善”，我看到悲智双运的人，都是同一种思想，同一种语言。

深圳012志愿者庞坤学长，简单直白、幽默诙谐而又真实不虚，他的演讲让大家看到了他对父母的孝行之道，对自己和亲人及家庭的承担，这些都源于他在修行路上地不断觉知、感悟和精进。他用自己的做到让一切都越来越好，令我感动佩服之余，不禁心生反观之念。

此外，深圳002兴旺、003吕静、北京248鲁瑞清、深圳168贺晓敏、济南100刘建新等学长也做了精彩分享，我都记在心里，反复回念。

北大公益讲座既是志愿者的学校，也是志愿者的精神家园，爱与被爱滋润着彼此的心田，每个志愿者都是一面镜子，彼此照亮，共同成长。

近六小时的活动，掌声此起彼伏，一浪更比一浪高，整个会场聚集志愿者的欢喜心和感恩心，大家相互温暖感动着，尽情享受着

“好人抱团取暖”，尽情吸收着彼此带来的快乐。

志愿者心中的偶像唐岚学长，为了让 500 场活动尽善尽美，她劳累过度而声音嘶哑，已经说不出话，但在庆典现场却奇迹般地突然变好了，一个人完成了整场近六个小时的主持串讲，环节与环节的过渡，板块与板块之间的衔接，是那么流畅而充满睿智。

500 场庆典活动，我庆幸自己克服困难来了，我更庆幸我的先生和儿子也赶来了，虽然他们来得有些辛苦和艰难，但还是来了，没有错过这特殊非凡、意义深远的盛典。

相信这场盛宴带给所有志愿者的将是美好而永恒的记忆！让我们永远在一起，爱在一起！

回家的感觉真好

于利 / 北京 029 志愿者

心在哪里，家就在哪里。

《去去就来》是一首北大公益讲座原创的感悟生死的诗，我从中听出了另一层意思。北大公益讲座前 300 场，我一路跟随并见证了她的成长。自 2014 年 7 月桂林三阶之后，因个人原因，我忙于其他事情，离“家”出走了一年多，而现在，我回来了，也算是“去去就来”。

2015 年 9 月底的某一天，我收到唐岚学长的微信邀请：“学长早，全球第 500 场暨深圳第 100 场定在 10 月 13 日举办，邀请您参加！能抽出时间吗？”我立即回复：“谢谢邀请，这是一件大事，一定参加。感恩生命中遇见了你。”就这样，我调整了既定的行程，于 10 月 8 日登上飞往深圳的航班。对于这样一次邀请，我感到很温暖，也算是印证了什么叫“心想事成”。

盛典现场是一片红色的海洋，在这里听到了学长们发自肺腑的分享，看到了记录北大公益讲座发展的一系列微电影，再一次验证了北大公益讲座“惊喜和奇迹不知从何而来”。北大公益讲座从初创到今天 500 场才短短 1700 天，不能不说是一个奇迹般地发生。回顾讲座创办初期，我们曾经为招不到更多的听众沮丧，曾经因为一些人的不理解而心生烦恼；曾经发生主持人要求听众关闭手机，结果自己手机铃声响起，往事历历在目。然而，所有一切的发生都过去了，伴随着曾经的那些发生，我们在进步、在成长；伴随着曾经的发生，北大公益讲座的课件内容、课程形式越来越丰富多样；伴随着曾经的发生，受众面也越来越广泛；伴随着曾经的发生，志愿者队伍不断发展壮大，有了长足的成长。

这次见到了久未谋面的北京076志愿者——梓林学长的母亲，大家都亲切地称呼她“老妈”，看到她精神状态超级好，真是喜从心来。她说：“近一年来，我跟着北大公益讲座出来，与志愿者一起享受付出，身上的病都没了。善的力量、爱的力量，真的是很伟大，好神奇！”听了她这一席话，我想起了我的母亲，我决心要在500场结束后的第一次三阶课程上，把母亲邀请到现场，让她享受慧命之妙。古人说得好：“子欲养而亲不待。”11月底，我就带着母亲一起上了井冈山。

一天很短，你来不及拥抱清晨，就已经跟黄昏握手；一年也很短，来不及去欣赏初春的嫣红，就要打点素裹的秋霜；人的一生也是很短的，真的很短暂，短暂到你来不及享受美好年华，就已经身处垂暮，所以，要珍惜身边所有的发生，珍惜身边所有的人，珍惜自己这颗初心，“人之初，性本善”，这个善良的初心。

今年我已经60岁了。我常常问我自己：你的初心在哪里？这个善在哪里？所以，今天我又来了，又回家了。回家的感觉，真好！我想，后面还有很长的路要走。怎么走？从学长们的分享中，我终于找到了答案：好人要抱团，公益要持久。

不一样的我

刘承英 / 北海 036 志愿者

生活是美好的，感恩每一位在我生命中出现的人。

北大公益讲座“第 500 场暨深圳第 100 场”归来，我的大脑一直萦绕着学长们欢快的笑声，不停浮现他们灿烂的笑容。

其实，去 500 场我是非常纠结的。家里的长辈不同意我出门，因为我刚怀上二胎两个月，但想着能与学长们相聚，想着那股温暖的力量，在老公的坚定支持下，我最终说服了家中的长辈们；而我的公司正处于转型关键期，整个公司气氛紧绷，每个人都承受着巨大的压力，然而当我向公司领导请假时，老板和副总一句话没问就签字同意了，并期待我学习后的分享，这让我深感意外。

在 500 场前临时增加的分享会中，王毅老师说：“做事要圆满。”这句话让我很有触动，原来我是个做事没计划的人，也是老师说的没有“觉”。公司这次股改转型，在 9 月份就有苗头了，但我没有“觉”，国庆假期回来被整得措手不及，压力排山倒海一下子就涌来了。

近段时间，一件接一件的发生让我应接不暇。姑父的突然去世更是让我不能接受，一个活生生的人 19 天内就在眼前走了，让我体会到了生命的无常。在他走的那天我完全控制不住，狂哭不止……

反复读梓林学长写的《去去就来》给姑父，突然间心安了。

我就是这样，活在过去和未来、后悔和忧虑之中。姑父的由病重到去世，加深了我对死亡的恐惧；公司的改革，又让我担心，我自觉无力，情绪一天比一天低落压抑，半夜睡不着……我开始放纵自己，不再读书、不再去上课，抱着手机不断刷屏、看垃圾小说……

有一天，我儿子看到我又抱着手机躺在沙发上看小说，便问："妈妈，你怎么了？怎么一天到晚都在抱着手机看呢？"我刚好看到唐岚学长发来的微信："英子，你的美文好了没？"

这已经是她第四次问了。突然我感到羞愧："是啊，我怎么了？我都干了些什么？我什么时候能回到正常的状态呢？"往常在空余时间，我还会协助唐岚学长做些文件整理工作，可这段时间，一下子被打回原形，提不起精神，什么事也做不了，真是拿自己没办法。就像王毅老师说的，这是我的心魔。

想起《生命的效能》中说的"你怎么了，就会怎么样"，我一遍一遍问自己，我怎么了，我到底怎么了？我猛然看到一个懒惰、做事拖拉、没有计划、说得多做得少、承诺不兑现、总把事情往最坏的方向想……这个我都不愿接受的自己，就是此刻真实的我。

想明白的那一刻，我拥抱着儿子，心找到了方向——不行，我要学会接受这个不完美的自己，找回那个更好的自己，唯一的途径就是做，通过做来改变自己，做我所说，做我所想，没有真实的脚踏实地的做，永远不能改变，通过做来让自己不同，创造当下，改变未来。加油！我在心里开始为自己鼓劲……

想起与学长们的差距，我需精进赶上。想着贪多嚼不烂，我就将"思想修炼"反复听，在十几天中我只听同一主题。我现在最开心的是坐动车从北海出差南宁，戴上耳塞，闭上眼睛，听完一节课也就到南宁了。我不再像以前一样东张西望，看几十次表，想着怎么还不到。

“思想的修炼”对我最大的触动是“转”和“念”，人要向内转而不是向外转。以前，当事情发生，我会想着避开它，这是我的惯有模式。总在问：“自己为什么会这样呢？为什么不好的事情，都让我碰到？”就这样一直向外问“为什么”，而从不问自己：“我怎么了，我应该怎么办？”

前段时间和读书会资深会员们一起聊天，讨论下半年读书会开展的重点。当时我就提出重新开一个“书吧”，不以赚钱为目的，保本就好。我将想法说出，其他的伙伴就开始提各种假设性的问题。当时“区区一念”就在我的脑袋里翻腾，既然我喜欢，我就去做，不做就只能停留在口头上，永远就只是一个“说”字。只要这件事情是对人有帮助的，就去做，只有在前行的过程中发现问题，坦然接受它，解决它，才能实现自己的目标。而当我努力去做了，在做的过程中，一定会有意外的收获。

风帆已扬起，跟随自己的心，迎接一个不同的自己，前进！

下篇

真实的生命，首先是学会对自己真实。欺人，总是从自欺开始的，所以叫“自欺欺人”。最终的结果只有一个：从不相信自己开始，一直走到怀疑所有的人。

诚实，从对自己诚实开始，也就是从慎独开始，于是，你才会开始相信别人，相信世界，最后会相信：人真实地活一次，是有着“严重”意义的。

活出真实的自己，这是人权，是一项不需要别人来保护的人权。

生命之受，我愿意接受

吕静 / 深圳 003 志愿者

全力以赴，量力而为，随遇而安。

6 月底的山城，天气渐热，已略显火辣，而北大公益讲座的热度也持续保持。重庆慧至堂第二期《生命之受》的主题分享会如期举行，小小温馨的静心阁，迎来了慧至堂的伙伴们，热情的学长们带着家人、朋友赶来，周末堵塞的交通，也堵不住大家探索生命品质的渴望，大家早早地来到了会场。

参加这次分享会的学长，最远的是来自台湾的李先生，年纪轻轻的他看上去斯斯文文，一说一个笑。他谈起人生中发生的一件难以接受的事情：他妈妈是一个虔诚的佛教徒，希望家族事业向重庆发展，让他和姐姐搭档在此创业。在一次开车来渝的途中，他与妈妈、家人讨论这件事情时，发生激烈争论，没想到学佛的妈妈竟然说出狠话："你到现在还不知道做什么，你这个废物！"这句话深深地刺痛了他，他伤心地哭了，认为妈妈应该向他道歉。妈妈并没有这样做，一路上他也只能无奈接受。

通过这次《生命之受》的视频学习，他释怀了，他放弃了自己以前的任性，看到了正是因为妈妈下的这剂猛药，促使了他的成长，重庆的事业，也因此有了良好的开端。他最后当众说出："感谢妈妈！”那一刻，既感动了自己，也感动了在场的每一个人。

生命之受既是情感修炼的过程，也是一个从忍受、承受到接受再到享受的过程，最重要的是：我们要透过原谅学会接受，透过感谢到达享受。说起来容易，做到难。我也曾为得到别人的尊重而不与好姐妹往来，至今还耿耿于怀不能放下。学长们纷纷给我出主意，有的说，换位思考；有的说，后面还有个更大的礼物；有的说，当面挑明直接面对；还有的说，干脆放下再也不想。分享会就有这样的功能，说出真心话就好受了，大家聚起就是一把火，互相支持，互相给予力量。

来自巴蜀中学的许老师，是第一次参加分享会，他是一个热爱运动、能写诗歌、喜爱传统文化的年轻人。让他触动最大的是视频中的一句话："外表看起来很强的人，实际内在很小"，许老师坦言，自己也是个爱发脾气的人，在人前总把自己武装成斗士，总认为自己对家人的安排是对的，甚至有时还用过激的语言伤害家人，当他听到："一个强大的人，应该是柔软的，不管面对任何发生是感谢，都能笑得出来的"，他想到了《道德经》里的"上善若水"，他感慨这个讲座是用大家听得懂的、最直白的话，讲述经典中的道理。现在他真正理解了接受与包容！

接着周林笋学长举手上台分享，下午为工作上的事，与股东发生了争论，他是带着情绪来参加这次分享会的，本想放弃不参加，但《生命之受》是对他影响最深的话题，最终他还是选择了留下，选择了接受，选择了改变！其实，一个人要有多大的成就，就有多大的承担与承受，选择逃避，这个发生就会重复，打开心量去接受，才是我们真正应该做的。

短短的两个半小时的分享会，很快就过去了，很多学长都在分享中提到了近期思想和情绪的改变，熊英学长开车已经开始平和，不再急躁了，连老公和女儿都感觉到了她的温柔。蹇福容学长在工作中遇到棘手问题，开始用积极的心态接受和面对，果然出现了意想不到的结果，一切向着好的方面开始发展，行政处罚也免去了。小吴学长的分享也很精彩，他一直生活在自卑中，总是活在与别人的比较中，当他开始认识到“先要接受自己”的时候，大家不由自主地给了他最热烈的掌声……

看着大家的变化，我感到由衷的高兴与感谢！感谢北大公益讲座带给我的享受，感谢自己正在打破提笔写作的制约，正好看到唐岚学长在丫山讲师培训中的分享，梓林学长送给大家的一句话：“逼你做事，是慈悲，分寸是智慧！”我只想说，学长，我愿意接受！

满园春色，尽在人和

吕静 / 深圳 003 志愿者

今天是周末，此刻我坐在人和园林静心阁茶桌边，一眼望去，满园春色，繁花似锦，鸟鸣不断，悠闲惬意……就是在这样一个繁华闹市区的公园里，昨天，北大公益讲座重庆慧至堂第一期《自我与人生》的分享会成功举办了！

一切都在老天爷的冥冥安排之中，我认识了心美、人美的熊英学长——人和园林的女当家。在这个占地 300 多亩，供市民们散心、运动的休闲公园里，熊英学长无偿出资、倾情打造了一个非常优雅的静心阁茶楼，这里是大家心灵修养的净地，大家琴棋书画、以茶以诗会友，其乐融融，天地人合一！

从去年开始，北大公益讲座在重庆的三次推广，占据了“天时地利人和”的优势，其中两次在区政府礼堂开讲，得到相关领导们的肯定和支持。

今天，我看到梓林学长刚回北京时拍下的首都大街上的巨型条幅“人民有信仰，民族有希望，国家有力量”，在慧至堂群里与我们分享，我知道他是想告诉我们：我们所做的这件事，是时代所需，是国家所望！

就在几天前，我们在天坪山为农民带去了讲座的第一阶和第二阶课程，更是开启了我们对社会主义新农村文化生态模式的探索。5 月的天坪山，开满了蓝色薰衣草，处处有鲜甜的蓝莓。这里有一种深入灵魂的蓝，就是我们志愿者的海洋蓝！梓林学长用《易经》开篇乾卦和坤卦来诠释“天坪”二字：“天行健，君子以自强不息；地势坤，君子以厚德载物”，赋予了天坪山新的文化内涵。“如果幸福有位置，我想就在这里……”接待大厅的这句话，与北大公益讲座第三阶的课题，竟然如此吻合，不可不说是天意。

就在 5 月 29 日，刚听完一二阶课程的志愿者们，从市区各地相聚静心阁，从六〇后到〇〇后，每个年代都没落下。其中周林笋、王龙两个家庭的参与，夫妻、孩子同修，更是让我看到修行的力量，他们是为什么而来呢？

《自我与人生》的视频中提到：“对自我的学习和修炼有三种状态，一是先知先觉，二是后知后觉，三是不知不觉。虽说我们很难做到圣人的先知先觉，但后知后觉我们是可以努力去做的，最怕就是不知不觉，人活到终点也不明白，这一生究竟是为什么而来？也许你可以为自己找到理由：‘我就这样，你能把我怎样，谁又能把你怎样呢？’”

静心阁阁主谭静，重庆 010 志愿者，今年 3 月 29 日第一次听课后就加入了志愿者，4 月自费去桂林参加一二三阶连开的课程，5 月又全身心投入到为学府医院、天坪山的志愿者服务中。为了 29 日的分享会，她尽心尽责，负责组织人员、场地及播放。电脑不熟悉的她，尝试各种办法下载播放软件，精心制作易拉宝……我被她感动了，她用自己的行动证实：人活着，能留下的就是一个更好的自己；用每一个发生，让自己变得不同，只要做过一次，就会不一样。我想，这就是人活着的意义，不是为了别人，只是为了更好的自己。“一切是自己，自己是一切！”人生的十字箴言，她已经理解了。

在分享中，谭静打开自己的心扉，真实而坦诚地为大家讲述了她一直过不去的事：没有上过大学以及对婚姻的担心，是她这两年来最大的纠结，而且沉湎其中，不能自拔。有时她也从大学毕业的同学身上，看到他们的不足，从而安慰自己：虽然没有读过大学，却也收获了阅历和经验。

我针对她“如果我考上大学，我也将和他们一样……”的想法，作了点评：“谭静，人生没有如果呀！第一阶《从生命到慧命》中讲到的《生命的特征》——单行线，忘了吗？”我们相视一笑，我相信她记住了！

接下来，谈到感情生活时，我看见她眼中噙满了泪水，我知道对这段感情，她是真正放下了，她从心里原谅了对方，因为一切都是自己，她知道这一个发生没有对错，因为后面有个更大的在等着她呢！我们有幸见证着这一切的发生，现在，我只想对谭静说：“妹妹，你大胆地往前走吧！”

九○后廖薇，是《重庆静心阁——禅茶静心》短片中的美丽少女。她的茶道表演，给大家留下了深刻印象。她大学毕业就来到静心阁工作，甘愿为客人端茶送水，并把它当作人生的历练和生活的积累。在与客人不断交谈中，她会悉心地从别人的经历中，丰富和完善自己对于人生的理解。她是有着极高灵性和悟性的女孩，她说她不愿意成为九○后“相当自我自傲”的一代人。

当听到《自我与人生》中托尔斯泰的那句话“大多数人只是想改变世界，只有少数愿意改变自己”的时候，她说：“我愿意做一个改变自己的人，并用自己的做到，去成就一个美好的人生。”听了她的分享，我真正看到了后生可畏，像她这样年纪时，我们在想什么呢?

第一期的分享会，大家踊跃发言，欢声笑语不断。其中有熊英学长对公益事业的深刻理解；有林笋学长对一切发生“对错”的感悟，他坦然承认，自己之前就生活在非对即错的态度中。从此他愿意让自己更加包容，并在反思和自省中，不断修炼自己，提升自己。还有几位经历过婚姻失败的学长，分享之前总是在找对方的不是，很少看到自己的不对。

王容学长说，自己一直生活在别人的经验之中，现在她找回了自己。杜强学长看到了自己对岳母的态度，表示惭愧并决定改变自己，还有王龙学长深刻意识到金钱、名利、事业、父母、亲人等所有的一切都会过去，我们所拥有的只有经历这一次的机会，并下决心理清自己与外部环境的关系。

快乐的时光，总是因乐而快。分享会结束了，看着大家带着满满收获而去，这一周在忙碌工作之余，还能主持这样一场分享会，我心里别提有多高兴。教学相长，真实不虚，这次又让我对《自我与人生》这个主题有了更深理解。当唐岚学长在重庆慧至堂群里，故意问：谁来写今天的分享会报道？我心里知道：这是对我的鞭策。于是就有了这篇感言。

为了 2040 年

鲁瑞清 / 北京 248 志愿者

余生，我将追随北大公益讲座，走在修行的道路上。目标，以自为师。修即学习，行即实践。人的一生，除去这两件事情，大约也没有其他事情了。

现场两千多人的北大公益讲座课程，你参加过吗？我相信绝大多数人志愿者没有这样的机会。因为，北大公益讲座开办四年多来，也没有几次这样的发生。最近，我有幸成为这个宏大场面的见证者。

北大公益讲座有一个愿——为了 2040 年。为此目标，北大公益讲座将课程和分享会，深入到了大学、中学和小学。

2015 年 6 月 15 日晚，北大公益讲座第一阶《从生命到慧命》，在江西省赣州市大余中学露天体育场如期开讲。两千多名高中学生参加了这次活动。我见证了那天晚上令人难忘的三个多小时。

那个激动人心的场面，现在还不时浮现在我的脑中：初夏的赣南，久雨过后初晴的夜晚，青山如黛，气息清新。宽阔的操场，被群山环绕，显得特别有气势。孩子们排着整齐的队伍入场，那种惊奇和喜悦溢于言表。听课时的欢声、笑声、掌声，让我们志愿者无不为之感动。我可以感受到，梓林学长那晚也被莘莘学子热情所感染，激情迸发，与大家的情绪融为一体。这一幕幕感人的情景，让北京 076 志愿者（梓林学长 80 岁的老母亲）也高兴得合不拢嘴，非要坚持到最后散场。夜里十点多了，很多孩子都跑到她的跟前，与她老人家拥抱致谢。看着眼前的这些发生，我的心潮久久不能平静。而这堂课，让我得到了两个深刻体会：

第一，孩子可以听懂。

此前，我听过的北大公益讲座课程，都是成年人版的。课前，我还担心：这样的课，孩子们能不能听懂？现在看来，中学生完全可以听懂。两千多人的现场，其活跃程度超出我的预想。台上台下的互动，孩子们的听课状态，明显超出了成年人。因为，他们的心灵更纯粹、纯洁、纯净，更容易引起共鸣。课程结束前的分享就可以证明：原计划安排十位学生上台分享。结果在一分钟左右时间，大约一百位孩子蹿上讲台，列成两排，争先分享。北大公益讲座的理念、主要观点，他们几乎都可以结合自己情况讲出来。

第二，希望寄予未来。

梓林学长多次强调，北大公益讲座要走进大学、中学和小学，因为这个课是面向 2040 年的。是啊！那时，今天 15 岁至 25 岁的孩子，正好是 40 岁到 50 岁，已经是社会的中坚力量。我们不奢望孩子们今天能够全部把握课程的内容，我们只是想在他们心里种下一棵种子，一颗光明的种子、向上的种子、智慧的种子、圆融的种子、善良的种子……能做到这一点，目的也就达到了。可以说，这些孩子是幸运的，他们十几岁就接触到北大公益讲座这样“高大上”的课程，比我们成年人幸运很多呦！北大公益讲座如果可以影响到 2040 年的人，说明其强大的生命力和历史价值。

为了 2040 年，我们全体志愿者共同来承担，为了实现“一个更好的自己”，把这份爱传播出去。

自由，你在哪里

鲁瑞清 / 北京 248 志愿者

“生命诚可贵，爱情价更高；若为自由故，两者皆可抛。”这首诗很多人都熟悉。裴多菲对自由的理解和追求，已经达到了高于生命的顶峰。那么，你看到过失去自由的人是什么样的吗？

2015 年 10 月 19～22 日，我有幸跟随北大公益讲座到江西省赣西强制戒毒所开课。这里，收容了 1400 多名戒毒人员。我们为干警和戒毒学员各举办了两场一阶课程（全员分两批），还参加了警方举办的“99 重阳节亲情帮教大会”活动。这是我第一次走进戒毒所这样特殊的环境。时间已经过去快一个月了，当时的情景还经常在我脑海中回放。

情景之一　强制戒毒

赣西戒毒所的全称是江西省赣西强制隔离戒毒所，系江西省戒毒局下属单位。赣西戒毒所的理念是：点亮心灯，燎原信念；拒毒戒毒，知行合一。

据说，戒毒最困难的是收容的第一个月，要进行人身强制。所谓强制，就是坐在钢椅子上，手和脚都被固定住。一个不大的房间，有三个座位。前边，有一个蹲式便坑。其他，空空如也。房间不仅每个角落都在摄像监控下，而且从窗外随时可以看到室内情况。我们参观时，里面没有被强制戒毒学员。这里曾经发生过什么事，只能各人发挥想象力了。

情景之二　吸毒群体

据介绍，这里 30 多岁的人居多，也有十几岁的孩子，但为数不多。这说明，人走入社会后，有了点钱，有了更多的“自由”（家长管束少了），容易误入歧途啊。

吸毒人员，大约有三种类型：一是主动吸毒，好奇、好玩，落下毒瘾；二是被动（骗）吸毒，一支烟、一罐饮料，可能就染上毒瘾。三是病人，在治疗期间使用毒品（如止痛）不当，造成依赖。

现代社会毒品毒性大，能戒掉吗？据有关方面长期跟踪调查统计，通过两年的强制戒毒，回归社会后连续三年不再复吸，就被认为是戒掉了。大约有 27% 左右的人是可以戒掉的。尽管这个比例不如人意，但毕竟有 27% 的成功率。可见毒品的危害有多大。

情景之三　走进会场

开课前的迎宾，对志愿者是一个考验。会场在二楼，戒毒学员排队上楼进入，每个人拿着自己的塑料坐凳。我们献上最真诚的微笑和热情的鼓掌，迎接每一位听众。给我的第一印象是：多数人很茫然，脸上没有什么表情；个别人会勉强点点头，给予回应；极少数心情还不错的学员会说：“谢谢！”“你好！”当然，比起监狱的服刑人员，显得不那么木讷，也没有明显的仇视表情。

情景之四　听课期间

在能够容纳七百多人的报告大厅里，戒毒学员按照编制（大队、中队）就座。每个人都有一把塑料凳子，纵向排列。会场秩序还算好。

跟随课程的进展，他们也会积极参与互动。当梓林学长大声问："能不能搞定自己？"他们有力地回答："能！"最打动人心的是散文诗朗诵。当唐岚学长朗诵《假如自由明天来临》和《回家的路》时，全程鸦雀无声。很多人低下头，静静地聆听。不少人掩面而泣、潸然泪下，甚至哭出声来。

现场版的《志愿者之歌》播放时，他们竖起耳朵听，瞪大眼睛看，随着音乐击掌，完全融入了最后的热烈气氛之中。这些艺术的环节，触动了他们心底最柔软的部分，唤醒了他们的人性和良知。课程完全超出了我们的预期。

情景之五　散场时分

课程结束时，多数学员的表情由阴转晴了。他们都是第一次听北大公益讲座，第一次感受到北京大学的课程可以这样讲。

干警组织有序退场，志愿者列队为他们送行，并送上纪念品。不少人发出会心的微笑，点头、鞠躬、问好并致谢，三个小时的课程已经把他们的心打开了。七百多人撤场，大约需要半个小时。结束曲《和平之歌》播完后，唐岚学长再一次朗诵《假如自由明天来临》和《回家的路》，伴随学员们离场。我相信，这一课不论他们记下了什么，都会给他们留下深刻的印象，也许是终生的印记。

镜头六　亲情大会

10 月 21 日是重阳节，赣西戒毒所举办了一场"亲情帮教大会"，志愿者一行受邀参加。简单的开幕式之后，是学员代表带领全体戒毒学员宣读《戒毒誓词》。戒毒学员代表发言。我观察到，当梓林和敬萍学长为现场 1500 多名戒毒学员以及在场的干警和亲属朗诵《回家的路》《假如自由明天来临》时，不少戒毒学员低头落泪，亲属们就更是唏嘘不已，爱恨交织，不禁也眼圈发红，心被撕扯着……

是啊！一个人只有当自由被限制、被剥夺时，才知道自由的珍贵。虽然只有两年时间，但也是度日如年啊！自由，你在哪里？

无数事实说明，一人吸毒，全家遭殃，祸及社会。不仅家里大量的财产成了缕缕青烟，而且亲情受到极大伤害，甚至妻离子散。有些人为此残害了身体，有些人（为毒资）走上犯罪道路，有些人……

这次我们给戒毒学员送去了一堂重新认识生命的课程，而从另一角度来说，我们志愿者是更大的受益者。戒毒学员，用自己走过的错误道路和沉痛代价，给我们上了一堂活生生的人生教育课。

人生没有如果，只有后果和结果，而人终究要为自己的选择付出代价！当我们想狂妄的时候，让我们仰望星空！当我们被欲望左右的时候，让我们默念自由……

超越自我的第一步

鲁瑞清 / 北京 248 志愿者

2015 年 6 月 27 日，北大公益讲座第 444 场如期举办，地点是北京市海淀区上庄镇常乐村。对北大公益讲座而言，这是一次普通的活动，对我来讲具有跨越性的意义。

首先，回报老家的实际行动。这次讲座在我的老家举行。62 年前，我出生在这里，直到 16 岁半离开老家“参加工作”，平时很少回老家。45 年过去了，弹指一挥间。“少小离家老大回，乡音无改鬓毛衰”。这次把北大公益讲座引入家乡，也算是对老家养育之恩的一点回报吧。

其次，众多学长前来护持。这次回到老家开课，尽管地点远离市区，交通不便，但得到北京志愿者团队的大力支持，报名达到 80 人。不仅北京志愿者，还有远在廊坊和济南的志愿者，也前来支持，令人着实感动。

第三，首次登台讲课。一年前的 5 月 24 日，北大公益讲座开第 300 场时，我第一次听课，就报名参加了志愿者。当时，梓林学长对我说：既然您想当志愿者，那今后要准备登台做讲师。一年多过去了，有过几次机会，我都没敢上台。一是感觉还没有准备好；二是希望找一个更合适的机会。这次把讲师“首秀”放在家乡，无疑具有重要意义。

第四，找到讲课初步感觉。当了四十多年领导，开会、讲话、做报告，次数多到说不清楚。但是，要做北大公益讲座的讲师，始终心里没有底。梓林学长一直鼓励我们：要把握重点观念，放开来讲自己的真实感受。要用自己的思路、自己习惯的风格去讲。做到心中有数，就可以临场发挥。通过实践，这个办法果然不错。

第五，从此踏上不归路。梓林学长在我登台后鼓励我："重要的是能够一直做下去。"我的答复是："人生就是单行线，有去无回。"是啊！能够跟随北大公益讲座很幸运，能够成为讲师，为了更好的自己，只要去做，就能到，真正做到，才是真正知道。

第六，收获满满，信心满满。这次我邀请的朋友，基本上都如约到场。我的家人，给了我最大的支持。跟随北大公益讲座一年多，只把老伴动员进来了。这次，小家庭和大家庭共有十多个人参加听课，包括我的女儿、哥哥、妹妹等，有六人当场报名参加志愿者。其中，有五人报名参加济南泰山一二三阶连开活动。

感谢多位学长见证了我的第一次登台，有你们真好！

我相信我的相信

吴至民 / 赣州 001 志愿者

学海无涯天作岸，勇攀绝顶我为峰。

艺无止境非常道，上善若水观其妙。

大智若愚拙成巧，百炼成钢绕指柔。

道法自然效天地，知行合一致良知。

北大公益讲座，是用家常话让我们一起到达，“真佛只说家常话”。我们现在所看到的经典，在过去就是家常话。现在我们感觉晦涩难懂，是因为语境不同了。

从生命的虚妄至慧命的实相，从智慧的悟入至慈悲的到达，北大公益讲座一路走来，经风历雨，唯一不变的宗旨，是让我们的生命品质从此与以往不同。光而不耀，如如不动，是慧命的谦卑；圆融万象，悲智双运，是智慧的到达，是本自具足的圆满。

光明与智慧的到达，皆应打破固化的思维模式，无论是自认为明心见性者，或上市总裁、社会名流、贤达上士，在这里，如果未遇见更好的自己，如果未遇见具足圆满的自己，请慢慢地放下对立的思维，跟随北大公益讲座，开始真正的慧命之旅。

在这里，你可以打开自己，释放自己，无论是你的智慧或是慈悲，无论是你的困惑还是迷茫，在这里，让我们一起，扬起智慧的风帆，让生命从此不同，让慈悲真正到达。谨以此诗表达我对北大公益讲座的理解：

我是一朵 / 开在北大公益讲座的浪花 / 飞溅在峭壁绝崖 / 只为我们以后一起回归大海 / 一起回家

我是一杯 / 盛在北大公益讲座的清茶 / 静静地守候着 / 你来品尝 / 只为了将来 / 我们可以一起 / 获得智慧与慈悲的到达

我是一床 / 百转千回的古琴 / 每一串灵动飘逸的音符 / 可以悠远深沉 / 可以和你一起穿越时空

我是一片 / 夏日飘逸的雪花 / 我知道 / 只有在慈悲喜舍中融化 / 才能让我们内心无比的芬芳与清凉

北大公益讲座只是一个平台，如何在平台上将智慧与慈悲传递出去，让走进来的每一个板着面孔的人，从冷漠拒绝到悄然绽放，这需要志愿者去承担去做到。人生从难受至无受，是一个逆来顺受的过程，一定要走过，才能真正体会渐悟至顿悟的过程。我相信会有更多的人，会在北大公益讲座的平台上获得慧命的到达。

一切都会过去，我们所经历过来的一切，可以成为一生温暖而亲切的怀念，我相信我的相信。

从《就这样》谈生命的发生

吴至民 / 赣州 001 志愿者

《就这样》是北大公益讲座创始人郭梓林学长的诗作。在了悟生命的无常至常乐我净的修行历程中，每一个人都不能回避对死亡的思考。我喜爱这首诗，为之还尝试着谱了一支曲，吉他自弹自唱，每有所获。

由出生入死向死而生后的生命顿悟，是一件很美妙的事情。彻悟生命的当下，达到生命效能的极致，让过去现在未来的因缘，开出光明而喜悦、圆满而具足的华果，是每一位具大悲大愿大行的修行者亲历的实证。每一个生命来到人世间，都承担着责任与使命，虽然生命非常渺小，但因了我们的悲愿，去承担更大的责任与使命，生命终将成其伟大。

从这首诗的字里行间，我们仿佛看见诗作者在写作的那个当下，怀着一颗清澈无染的真心，述说着他对生死的感悟。

修行人需要以一颗平淡真实、如如不动的心，才能在灵魂深处找到那个含藏着温暖而善巧的智慧与慈悲。

在修行人明亮的眼睛里，总是有着真实、温暖人心的力量，有着细致而微妙、深入人心的洞察能力。在修行人的身上，我们可以看见顺受与谦卑形成的一股美妙而极具韧性的力量，这种力量可以帮助我们发现无限的美好与无限的永恒，并可以让我们将思想转变成灵动飘逸并且温暖的文字，去温暖更多人的心灵。

来此世间，每一个觉醒的生命，都肩负着巨大使命与责任。而承担的大小，关键是看我们的悲心与愿力。在此世间轮回，只有悲心无限，愿力无限，我们才能完成此生的修行。

觉醒后的生命，不可以仅仅只为自己。他向死而生，并以此为警策，提醒着每一个生命。因为为自己，终究会有局限，所以一定要为别人，这样才有可能成为——如我所愿的自己；因为为自己，同样要面对自己与他人的怀疑，同样要面对自己与他人的贪婪，同样要面对现实中自己与他人的愚痴，同样要面对自己与他人的傲慢与偏见。所以，全然的为别人，才是真正地为自己，如此才会坦然，才会如实地面对现实生活中的一切。

当我们看待一切都很美好的同时，一切才能变得光明而美好。清晰的洞见，一切将是光明而美好的，它是从所有发生的关系里，圆满达成自己所承担的一切。爱与慈悲，只有通过付出，才能真正到达。

只有在付出的过程中，我们才能真正获得喜悦的成长。但是付出需要智慧的引领，否则，盲目而自以为是的付出，会令人担忧甚至会导致失望。

智慧是无我的，无我才能无限，无限才能永恒，才能到达真我的世界，才能在所有的关系里获得圆满具足。所以，清晰地看待每一个发生，让发生成为一颗感恩的种子，成为一颗善良的种子，让发生成为一颗般若的种子，成为一颗真我的种子，如此，将来生根发芽，开花结果的一定是美好的果实。

期待这一片湛蓝的天空能够属于你和我，让我们念念分明的觉知，当下难得的清明。因为幸福美好的生活，就是与善良真诚、智慧慈悲、圆满具足的人们在一起。

北大公益讲座的集结号已经吹响，让我们一起，从当下出发！

这个平台适合我

张松文 / 赣州 019 志愿者

区区一念，悲智双运。

一直在观察和思考北京大学公益讲座究竟想做什么，越是接触，越觉得他们想做的事，与我有交集。于是，在 2015 年的 7 月 18～21 日，我来到泰山参加了讲座的一二三阶。

几天下来，我的心完全被境所转，看着一百多人，穿着同样的衣服，脸上挂着同样的表情，嘴上说着同样的话语，看着提升生命品质的电影，听着扣人心弦的音乐，还有那触摸着灵魂的诗歌，心田一股股暖流不断地涌出，暖遍全身，头不紧绷了，心松弛了，全身上下轻松愉快；当看到学长们情不自禁在台上说着平常不敢说的话，分享着快乐与忧伤，或畅怀大笑，或痛哭流涕，我也与他们一起笑着、泪着……

回到赣州，我以为，有了这次泰山之旅的体验，读着北大公益讲座的课件与佛学经典，听着录音，打着坐，练着太极，关注着念头，我就可以搞定自己，可以自由自在，可以喜悦付出，可以快乐享受。但不久后，我又打回原形，一切又回归真实，我还是不能完全地接受所有，还是不能喜悦地付出，还是在享受与难受中轮回。

无时无刻，我都在觉察自己，希望成就一个更好的自己。泰山三阶的感受一直让我难以忘怀，因为，那段时间，我真的变“好”了，我终于了解了长寿的秘诀，就是真正的快乐。于是，11 月 25 日我又到井冈山，参加北大公益讲座三阶第 12 期的课程，而且这一次邀约了 20 多位来自全国各地的朋友共同参与体验。

果然，每一次三阶都不一样。这次井冈山三阶，几位学长的真情分享，冲击着我的心灵，我禁不住流了很多泪。

有一位学长，流着眼泪拿起话筒，分享着她的故事。小时候生病，母亲不经意的一句“别人长本事，你长病！”深深伤害了她。因为这句话，她把治病的药全部扔到床底下，并暗暗发誓从此不再吃药。此后的 30 多年，她没吃过药，有病也是强忍着。几年前，她的丈夫生病，连续在家里熬中药，弄得乌烟瘴气，满屋药味，她非常生气地把丈夫的药全部扔掉，并大声吼道：“别人长本事，你长病！”她母亲种下的这颗种子，在她的心里蕴积了 30 多年，生根发芽生长，果实成熟，她把这句话送给了她最亲近的人：丈夫。

30 多年来，她一直记着这句话，这股怨一直存在她的心里，不但难受，而且还有毒，导致她体内长了一个直径 6.8 厘米的囊肿。在她多次参加北大公益讲座后，因为心逐渐被打开，心情愉快，一家三口共修，家庭关系的改善，这个囊肿居然神奇地消失了。而且，她先生的身体也越来越好。

这让我想起了一次在黄山的经历。当我看到一棵松树从悬崖上穿石而出时，我非常惊诧这一颗小小的种子怎么会有如此强大之力量。原来，种瓜得瓜，种豆得豆；种什么因，得什么果，种善因得善果，种恶因得恶果，而且在土壤埋得越深，当它破土而出后，生长更顽强。

细细思量，这位学长的生命故事，真是一个很好的提醒。不仅她是如此，我们每一个人也是如此，曾经种下的不善种子，终究会开花结果，在伤害自己的同时，也伤害着别人。就在那一刻，我在心里告诉自己，从今往后，我绝不对身边的亲人说类似的话。就在那一刻，我在检视自己，是否说过这样的话，如果有，我该如何做，才能让它转出来，彻底地消融。

还有好几位学长的精彩分享让我动容：或忏悔自己的态度对女儿的伤害；或诉说单亲家庭的缺失；或因为自己的父母曾经伤害自己而发誓要对自己的儿女好……

有人说，目前世界上最厉害的两种武器就是语言和原子弹。原子弹离我们好远，也控制不了；但语言时刻在发生，我们要把它控制好，不说怨语、嗔语，多说善语、爱语，广播善的种子。控制语言要从控制念头开始，我们要培养自己的觉知，做到念念分明。当出现不善的念头时，要及时地把它擦掉，并忏悔，为出现这样的念头而惭愧；当出现善念时，把它保存下来，并把它回向给所有人。其实，在我们的生命之中，很多的矛盾，疾病的形成，甚至悲剧的产生，都是因为心中的某种“怨”未被消融，很多时候这种消融需要借助外力。

北京大学公益讲座不仅是一个让人了解生命、提升生命品质的地方，也是一个让参与者打开心扉、释放情怀的地方，更是一个培养觉知、增长智慧的地方。参加了两期第三阶课程，我终于了解了：不是北大公益讲座和听众需要志愿者，而是志愿者需要这个平台，来不断修正自己。

因为北京大学公益讲座有一群正知、正见、正能量的人，他们不为名，不为利，只为自己和有缘的生命得到快乐。当我能量不够时，他们能给我补给能量；当我被业力拉住时，这股能量能牵引我继续前行。

因为北大公益讲座，用慈悲与智慧编织了一堂又一堂只要你体验了就忘不了、也不会过时的精美课程；讲座践行的“光明、圆融、善”，与佛法阐释的生活智慧是相通的，是每个人都能接受的真、善、美、慧。

因为北大公益讲座的学长们没有高低、贵贱、尊卑之分，这里有学富五车的学者，有品德高尚的智者，有顽劣不化的愚者；这里五味杂陈，具备各种对境，在这里，每一个人都是一面镜子。学完之后，走出去还会破功，这也难免，但知道可以回来重修。

因为北大公益讲座的大课都是在环境优雅、风景秀丽的名山大川之间举办，品着美食，赏着美景，不会苦闷。

因为北大公益讲座每次的课程都会有不同的惊喜，都会创造很大的不同，不会乏味。

因为北大公益讲座在持续不断帮助着别人，成就着自己。四年多来，奉献的 500 多场课程，圆满着许许多多有缘的生命和家庭；从二〇后到〇〇后，不同年龄的生命都可以在这里找到自己的答案；不用担心这个道场会出问题，到最后，我们每一个人都是一个道场。

我不得不承认，北京大学公益讲座这个平台，比较适合我，能够与这群正知、正见、正能量的人在一起，可以源源不绝地把我的知转化为行，让我接受所有的所有，并无所求地喜悦地付出，自由自在地享受，以智为终，帮助别人，成就自己！何乐而不为呢？

修行，我们在路上①

张松文 / 赣州 019 志愿者

问：我想问："什么是良知？"

答：今天上午，我听到三位学长在台上分享，哭了一上午，流了一上午的眼泪。他们的经历让我感同身受，我的眼泪不由自主地流个不停，这就是良知。再比如说：我们看到一个小孩，他可能会受到伤害，我们的脑海中马上跳出这个念头，我们会帮助他，让他免受这个伤害，这就是良知。当这个念头跳出的时候，我们马上去做了，这叫致良知。有良知还不够，还要致良知。

问：我想问一个一直困扰我的问题：为什么好人没有好报？谢谢。

答：作为一个人要明白，我们来这一次，要遇到这么多发生，这一切是为了什么，为了一个更好的自己，怎么做才能成就一个更好的自己呢？只有帮助别人，才能让自己更好。那如何帮助别人呢？就是不分时间、不分地点地付出，是付出而不是牺牲。

付出和牺牲的共同点就是都是做，而付出是开心的、喜悦的、没有条件的；牺牲是有条件的，是要求回报的。我们做好人，是为

① 2015年11月27～30日，北大公益讲座第三阶《幸福是想出来的吗？》（第12期）在井冈山楠竹山庄成功举办。张松文学长在学习期间，与志愿者做了一次开放式的分享。本文根据这次分享的现场录音整理而成。

了一个更好的自己，是没有条件的，不是去牺牲，而是喜悦地去做。别人如何看待，那是人家的事。我如何做，那是我们自己的事。我只在乎我做什么，我不在乎别人说什么，别人怎么看我没有关系，因为我是来成就我自己的。

问：参加北大公益讲座的志愿者都是普通的老百姓，您是成功人士。在您的人生已经功成名就之后，人生目标是什么？我想听到高级的回答。谢谢！

答：首先我不是什么高人，做不了什么高级的回答。但可以说一些我的感受和我的知道，我的知道有不少，但还是有很多做不到的。

我很早就下海，在外企工作，晋升得很快，2000 年的时候，我做了董事长的特别助理。2004 年，我以总经理的身份代表董事局到江西赣州开创企业，我们花了三年的时间，开创了一个 3800 员工的企业，年产值好几亿。四年后企业希望继续延期聘用，我实在不想干了，因为我很不开心，我很不舒服，我很难受。我也不知道这个难受来自于哪里，我就是不想干了，我想转行。

2008 年底，我下定决心离开。然后协助朋友创办了一家金融公司，用了三年的时间，累积做了几十亿规模。但是，我依然不开心，很难受，为了解决我的不开心和难受，我开始禅修。除了难受，我还一直很纠结，因为我想把我知道的完完全全地做到，但是很多时候做不到，我就在琢磨到底该怎么办呢？我开始学打坐，我花了四年的时间，从单盘到双盘，从 5 分钟到 60 分钟。

我也到寺庙去拜师，几位老师教给我很多佛学的智慧，我也看了很多佛学的经典，但是，当我离开寺庙，面对复杂的商业人际关系的时候，我经常会破功，因为我学的那一套在社会上不太适用，用不上，所以我还是很纠结。有时候开心，有时候不开心。

一年半前，我认识了梓林学长，那个时候他刚刚从福建南山寺内观回来。我有一个朋友跟我说，有一位高人是北京大学的教授，他什么都知道，你什么都可以问他。

我是一个非常高傲的人，也是一个非常自以为是的人，我说还有这种人？我就跟我的朋友说，他回来时，我们一起去接他，然后我请他吃饭。刚好那天我比较忙，没有去接，然后我的朋友把梓林学长接回来了，我就在我们酒庄接待了梓林学长。

当时他给我的感觉，非常普通，面色苍白，说话有气无力，头发花白，然后我们聊天。他介绍北京大学公益讲座的理念和原则，还介绍了三个放下：放下名，放下利，放下自以为是。

我第一次听到“放下自以为是”的时候，哇，那一刻我觉得好美，原来“自以为是”是可以放下的。多年前，我就看过一本非常棒的书，叫《第五项修炼》。里面说到，一个人的自我不能太强大，当一个人的自我太强大的时候，外面的世界就装不进来；我们要把外面的世界装进来只有两种方法，第一种方法是什么？把自我缩小。第二种方法就是把心量扩大，当我们的心量就这么大的时候，要想外面的东西进来得越多，我们就要把自我缩小。

自我的表现就是自以为是，主观主导，一切都是“我认为”“我觉得”。这是一种什么状况呢？桌子一拍：“错了我负责！”自以为是，居然可以放下，我觉得好美。

然后，梓林学长就跟我交流，谈到了“念头”。我已经知道很久，只是没有认真地去做过。

我问梓林学长：“如何看到自己的觉知，抓住‘念头’呢？”他当时举了一个例子：“这里有一座房子，你是房子的主人，你坐在房子的一角，然后门打开了，进来了很多人，进来的人，就是那个念头。你就知道进来了什么人，穿蓝衣服的，穿红衣服的，穿黑衣服的，然后你要去分清楚，这些人哪些人是好的，哪些人是坏的，然后把好人留下来，把坏人请出去。从杂念纷飞，到念念分明，最后到区区一念，最后到无念无想。这是一个渐进的修行过程。”

梓林学长说的这些，正是我需要的。而在我过去所有的工作、学习、人生经历当中，统统没有。所以，听他说过之后，我发现，我不知道的还很多很多，原来是我不知道自己不知道，所以我需要学习。

我还发现，即使是我已经知道的，目前却还做不到。为什么就做不到呢？从知道到做到，的确很难。因为我发现，一个人的能量实在是有限，当你想改变的时候，过去的习性会拖住你，它会对抗，让你不自觉地就打回原形。而且即便是有意识地跟过去的习性对抗，往往还是会失败。在这个时候，我们需要其他的能量，我需要得到别人的帮助。因为这些个原因，所以我来到了北京大学公益讲座。

问：跟朋友在一起的时候，喝点小酒可以，但老喝酒也受不了。所以，我特别纠结，你说我喝吧，我心里难受，要不喝吧，我让别人难受。所以，我也很纠结。这个事咋处理？谢谢。

答：小乘佛教说，喝酒不好，因为酒会乱语，我们喝多酒会乱说话，它会乱心性，所以绝对不能喝。大乘佛教说，适量地喝酒，有助于促进血液循环，加速供氧，让我们精力充沛，是可以喝一点的，但是不能过量。密宗说，没有我，没有酒，没有喝酒这么回事儿。

我曾经戒酒很多次，我的应酬很多。应酬是因为什么？因为我有所求，因为我有所求，所以我要顺他的意。当我去吃饭，我可以自由自在的时候，我可以不随他的意，因为你的意不一定是好意。中国十几亿人，所有对我们有缘的生命，不可能去如他的意，但是我们会尽我们的心。

为什么佛说“佛度有缘人”？但是佛还说了一句话，“无人可度”。“佛度有缘人”的意思是所有的生命，只要与我接触的，不仅仅是人，我都度。我都把我的方法、把我的智慧完完全全地传播开来，但到底多少人过河呢？最终还是靠你自己。所以他又说“无人可度”。

问：我发现你讲话、做事、举手投足之间，都是非常缓，讲话都是慢慢地，有条有理的，小桥流水一样地流到我们的心田，而且带着静，这点我感觉是我值得向你们学习的地方。但我吃饭很快，喝酒很快，说话也快，没经过头脑思想，想到什么就说什么，容易得罪人。我想请教怎么能让自己不浮躁，能够静下来。

答：你知道急不好，你也知道快不好，因为快就是慢，快就是急，急就会乱，所以你得让自己慢下来。

我们人有四种。一种是不知道自己不知道，第二种是知道自己不知道，第三种是知道自己知道，但做不到，第四种是知道并做到。不知道自己不知道，就是比较高的境界，我们很多人一辈子不知道自己不知道。你已经知道但做不到，说明你生命是要修行。

修行就是修正自己的不好的行为，修正自己的过失，把自己的过失不断减少，少之又少，直到没有过失。这就是老子所说的“无为”。

修行另外一方面，要不断地增加我们的好，让我们的好，好之又好，好了再好，没有最好，只有更好，所以，修行就是加加减减，不断地增加我们的好，不断地减少我们的过失。

所谓的“顿悟”，还只是知道，但知道不做还是零，知道一分做一分才能得一，知道五分做五分才可能二十五，你知道五分不做还是等于零嘛，所以去做。而做要达到一定的状态，只有坚持去做。我刚刚说了，我打坐我练了四年的时间，没有间断过。所以听课时才能持续坐几个小时不动。

永远坚守“光明圆融善”

彭元 / 江西财大 001 志愿者

知善知恶是良知，为善去恶是格物。

我跟梓林学长认识很久了。我知道他在 2005 年创办了北京大学产业与文化研究所。2009 年，我是江西财经大学 MBA 学院的副院长、MBA 校友会的会长。当时，我们在庐山脚下的天沐温泉举办总裁培训班，请到了梓林学长给 MBA 校友讲课。那时候，他是深受全国商学院总裁们欢迎的一线教授，一天的出场费可是五位数！

他当时讲课的内容，跟现在完全不一样。2011 年秋天，他到江西财大举办一场北大公益讲座，地点是江西省委的前湖迎宾馆。那一次，他分文不收。我当时就抱着怀疑的态度，他怎么转行了？后来就一直在关注这件事。

2011 年到 2015 年，这期间，他每年都为江西财大带来公益讲座，直到今年 6 月份，他专程为我们江西财大的后勤处讲了一场，这一次比四年前，让我感觉更震撼。于是，7 月份我就拖着我的儿子和他的同学，去泰山参加了四天三夜的第三阶课程。

我儿子是 1999 年出生的，正在上高二，是一个已经进入叛逆期的孩子。我定好了机票让他去，出发的头一天晚上，在家里，他跟我拍桌子：“我不去！”

我说："机票都定好了。"

他说："那是你的事！"

我耐着性子对他说："我们两个人在 6 月份的时候不是承诺过郭学长吗？那可是一诺千金，要去的！"

"那是你的承诺，我要补课。"他气呼呼地对着我叫。

我当时很生气，小孩真不懂事，他几乎是被我"挟持"着上了泰山。虽然我也是搞教育，也给总裁们上课，但是我觉得，自己的小孩我也教不来。可是，到了北大公益讲座才"搞"了一次，我儿子就发生了巨大变化，仿佛一夜之间就告别了叛逆期，换了一个人。

在泰山上，我们小组还有一个孩子叫何小河，也是随父亲去的。我们是课程中的两个"父子档"。课程开始时，何小河跟他父亲之间很拗，这次我看到何小河是随母亲到江西来当志愿者，参加服务，我很惊讶地发现这个孩子也完全变了。

所以，在泰山上我亲眼看见了几个孩子生命状态的改变，更加感受到了这个课程的意义，后来我成了江西财经大学的 001 志愿者。

看着北大公益讲座的课堂气氛是很轻松的，因为所有的话题，都是简单易懂的，但其中却蕴含了许多深奥的道理，能把复杂而深刻的道理，用最通俗易懂的语言表达出来，这是北大公益讲座的一个特点，相信每一位学长都有体会。什么"的啦"、什么"一切都会过去"、什么"放下自以为是"、什么"三七二十八"……用这朴素的语言，启发大家思考，帮助大家理解，这是一种智慧，也是在 500 多场的实践中积累的成果。课程中的那些美妙的音乐、精美的视频、声情并茂的朗诵，包含着多少默默无闻地付出，我们可以想见。

我有一个习惯，每天早上都起来散步，走一个小时，已经有五六年了。有时遇到狂风骤雨，我也会给自己找理由："算了，今天不走了，因为天气不好。"就这么一件事情，还会受到外界的干扰。

人有的时候要学会自我退后一点，当我们看北大公益讲座，觉得十来个志愿者，每次全国走一走，好像在游山玩水，我会对有质疑的人说：你去走走看！人家都是有职业的，都是放下自己的工作、家庭来服务，这是真的。一个人做事情和你亲身去践行一件事情绝对是两回事，所以，你坚持做了没有？你坚持做了多久？做了一年、五年呢，还是十年呢？还能一直做下去吗？而北大公益讲座，持续了四年多，讲了500多场，设身处地想一想，还真是不容易。

其实物质层面的追求，只是人的追求中最基本的需求，而北大公益讲座的志愿者，在追求一种付出的快乐，不仅仅是甘愿付出，而且是在享受付出，因为帮助别人，就是成就自己。这样一种生命状态，很美，也很了不起。

很多课程，说出来的东西都是希望别人做到，而北大公益讲座的确很特别，“用自己的做到，证明他们全部的说，是真实不虚”。所以，学这个课程，是用来修自己的。讲座传导的理念是：一切从修正自己出发，问问自己做得怎么样，还有哪里没有做好？看待人也好，看待事也好，怎么能够圆融一点？其实，在我们的生活中，如果每个人都向内求，把目光转向自己，让自己每天都进步一点点，那么周边的环境，也自然会发生转变。

我现在作为江西财大的001志愿者，感觉到压力也不小，我应该有所承担。因为北大公益讲座，已经为我们种下了一颗“光明圆融善”的种子，接下来的一切，就是靠自己去做。幸福是自己的选择，做善事是自己的事，这与别人做不做无关。我们既然认定北大公益讲座是一条光明的路、圆融的路、行善的路，就应该沿着这条路坚定地走下去。

愿北大公益讲座的点点烛光，能为这个世界，带来一片“光明圆融善”，愿我们自己永远坚守“光明圆融善”！

苦苦寻觅，自有福音

兰秀平 / 南昌 001 志愿者

没有什么不可能——“没有办法”或“不可能”常常是庸人和懒人的托辞。

第一次接触北京大学公益讲座，我便信了那句话：“苦苦寻觅无头绪，冥冥之中有福音。”也许这就是缘分。

2015 年 6 月 7 日，见到梓林学长，有点意外惊喜。若干年前，我听过他的讲座，读过他写的书，留下较深印象，知道他经历丰富，游走于企业和学术之间。而这次他带领的北大公益讲座团队，着实令我耳目一新。这个团队全部由志愿者组成，讲座的主题是“认识生命，快乐人生”。因此，志愿者的共同理念是“让每一个接受过我们服务的生命：光明圆融善”。

北大公益讲座在赣西监狱举办了两场讲座，一场是面向干警，一场是面向服刑人员。这个课程，让每一个生命都有所触动。通过这个课程以及和志愿者的短暂接触，我产生了强烈的好奇。在带着深深“疑问”的思考中，我终于感受到“破题”的喜悦，获得了改变自己、成就自己的力量。

北大公益讲座的志愿者，是如此谦卑，他们全情投入工作，而且是在“无组织、无纪律、无收入”的情况下，做着“尽善、尽美、尽心”的事，他们一直带着微笑，享受着一种喜悦的付出。这样一种工作状态，真是让我感到久违了。

有一次，我在微信上看到唐岚学长凌晨一时完成的文章，我问："工作太勤奋了吧！"她回复："多劳多得，谁做谁得。"后来听说，唐岚学长经常忙到深夜，睡觉比常人少很多，可第二天照样精神抖擞。或许，这就是心中秉承"帮助别人，就是成就自己""甘愿付出，享受付出"的理念，而产生的强劲生命力吧。

北大公益讲座，自2011年2月14日开讲以来，共举办了500多场，目前已经日程满满。讲座所到之处，为何如此深受欢迎呢？接受过服务的单位，往往会再次发出邀请，这与讲座的理念相关："让每一个接受过我们服务的生命，光明圆融善；用我们的做，证明我们全部的说，是真实不虚；甘愿付出，享受付出，帮助别人其实就是成就自己；我们坚信：心能转境，决定幸福的是心，而不是脑。"我向朋友推介北大公益讲座时，大家对这些理念都高度认同和向往。我想，在当今人们的物质追求已经得到充分满足的情况下，对精神的追求和渴望自然是更加强烈。而追求光明圆融善的人生品质，必然成为一种真正的时尚。

在课程的间隙，我向梓林学长请教了几个问题：何为最好的工作状态？怎样是最好的活法？过了知天命之年，生命应该再往哪去？我现在该如何做？梓林学长一语道破："在北大公益讲座里，你可以找到所有答案。"

真是"踏破铁鞋无觅处，得来全不费功夫"。得到一份这么好的礼物，我归结于"上帝所赐"。于是，首先想到要与儿子分享。正在想如何才能说服儿子参加这个团队，不料，儿子似乎早有觉悟，他说"千载难逢，机会难得"，当即答应。为此，梓林学长说："这孩子与北大公益讲座有缘！"

正式加入志愿者团队之后，儿子便要跟大家去赣州大余，给两所中学开课。因儿子从未单独出过远门，我托付唐岚学长多加关照。开始那几天，我较为关注儿子的表现，心想：儿子平时在家，早上起床要“千呼万唤”，生活方面如何自理？再者，儿子顶着“清华大学保送生”的光环，会不会承受很大的压力，会不会让学长们失望？

而事实证明，这些完全是我们多虑。18 岁儿子的表现，让我和他老妈感到惊喜。他很快融入了团队，和其他学长一同听课，一同分享，一同服务，一同生活。在华东交通大学关于“学习的秘诀”分享会上，儿子率先主动上台发言，毫不怯场。他还在一篇体会文章中写道：“当下，我想跟着这个团队，把各阶的课程都反反复复地多听几遍，再拓展阅读，期望能稍稍悟道。我会以单纯的心态，做好志愿者的服务工作，用真诚的奉献，去感染身边的人，把每一个好的发生和变化展现给世人，证明我们的价值观不仅是有益处的，而且是可行的。”

一周后，儿子回来了，似乎一下子成熟了许多。他十分感慨地说：“北大公益讲座团队里，除了郭老师这样的高人，还有很多‘身怀绝技’的人。”“志愿者都很勤奋，几乎每天晚上都要 12 点以后睡觉。”而最令儿子感动的是，16 日晚上，所有志愿者为他举办了一个 18 岁的生日晚会。这个最有意义的成年礼活动，出乎他的意料，给他留下了深刻的印象。

虽然没有亲身跟随北大公益讲座，但儿子这个“使者”传递回来的信息，加上一段时间来通过微信获得的关于讲座的种种资讯，让我对北大公益讲座有了更深了解，笃信这是适合我追求的一种精神境界。现在，我和儿子交流的主要话题，都是有关讲座的内容，俩人相约互相督促，共同学习，共同提高。我相信，北大公益讲座今后将是我们全家候选的道场，在这条路上，我会更加专注，更加精进，让自己的人生更加圆满，让全家因此而更加和谐美满。

精心准备，随意发挥

韩磊 / 大余 001 志愿者

知行合一。

今天，2015 年 11 月 6 日，是一个值得纪念的日子。今天大余慧至堂连开两期分享会，并首开《梦想者的天堂》(总第 7 期)。

下午分享会刚结束，就收到梓林学长的信息，向我约稿。停下一天的主持分享，这 16 字弹进我的脑海：精心准备，随心所欲；如有神助，享受付出。

回想今天丫山 A 哆乡村活动中心，聚集了 120 多位志愿者、听众，并且请到北京 000 志愿者王毅学长、北京 024 杨玲学长全程参与分享，还吸引了深圳、桂林多位学长前来参加。特别感谢，特别开心！讲座将我们聚在一起，共同承诺通过自己的做到，去成就一个更好的自己。

开课之前，我精心准备了四页纸的流程设计，长舒一口气，按此执行就 OK 啦！然而，王毅学长一下飞机，就给我出了一个难题，他说："要随意发挥，不要太刻意，我们机动一些，流程丢一边。"这让我着实有点慌神，在一旁的军华学长鼓励我："没事，王毅学长会控制局面。"好吧！来一次没有流程的分享会，也未尝不可。

一天下来，我看到听众的反响都非常热烈，一到茶歇时间，很多人就挤上来向主持人咨询报名参加志愿者。最让人欣慰的是：全天下来，整个会场人数不仅没有减少，还有增加，真心感谢大家的到来，感谢每位学长的分享。

军华学长的风趣分享，打开了很多人的心扉，那种圆满关系的智慧和做到，让现场不时响起热烈的掌声；多名外地学长的分享，也点燃了听众，很多听众都欣然上台说出自己的心里话。

蔡瑛学长分享时，我看到很多人都跟着流泪。下午分享会结束，张松文学长说："我们跟随北大公益，做我们所说，说我们所做，一路前行。"没错，这正是我的心声。

全天两场分享会、一场课程，没有任何固定的流程，全靠我随机应变，穿插过渡，圆满完成了主持人的职责。现在我彻底明白梓林学长所说的："精心准备，随意发挥，随心所欲，享受过程。"我对每个环节的过渡和引导，都让听众非常满意。可现在冷静下来回想，似乎并不是我在主持，那些源源不断的主持语，那些点评和灵巧的过渡，如有神助一般。一天下来，我一直站着，但是感觉不到累，临结束了，还不想离开，情不自禁地向所有听众鞠躬，真是很享受这种付出！

晚上，我和杨玲学长联袂主持大余慧至堂的第一场《梦想者的天堂》（总第 7 期）也非常成功！一天的随心所欲，出口成章，真让我享受到了梓林学长这些年的享受。我相信，在丫山这个地方，本就是梦想者的天堂。我们用自己的做到，吸引更多的追梦人，走在光明圆融善的道路上，让美好的梦想，永远照亮现实！

伟大的开始

韩磊 / 大余 001 志愿者

千里之行，始于足下。

2015 年 6 月 28 日上午，我发信息给大余 009 黄晓秀、010 刘金贞，征求他们的意见，我想 28 日晚上举办大余慧至堂组建暨大余志愿者第一期分享会，她们完全赞同，并且非常期待。同时，我也征求梓林学长意见，梓林学长回复："很好，自己建道场。道场是你的，你知道如何做，北大公益讲座是来成就你自己的。"

得到肯定后，我的心里有些紧张，又有些欣喜，两年前讲座走进了大余，埋下了这颗种子，在这个多彩的六月，终于发芽，成长！6 月 14～15 日我们为大余黄龙中学、大余中学带去了两场露天课程，同时也为章源公司员工带去了第二阶《光明圆融善》专场，还在道源书院成功举办了北大公益讲座讲师培训丫山二期。

记得梓林学长当时语重心长地对我说："这一切都会过去，我们上几天课就离开了，只有你能在这，扎根这里，建好这个道场，成就无数的人。"时间过去一星期了，我暗暗提醒自己，说了，就要去做，否则等于没说，只有为别人，才能走得更远。于是，仅一下午时间，大余的第一次、我的第一次，就这样悄然发生了。

看着微信群里大家热烈地滚动报名，我和 009 黄晓秀和 010 刘金贞紧锣密鼓地准备起晚上的内容。编写流程、拷贝视频、温习视频、联系场地、交代设备、练习朗诵、清点服装……内心就一个念头，一定要为晚上来参加分享会的学长们提供最好的服务。这个时候，唐岚学长发来支援，亲自编写了一个标准版的分享会通告，想想自己这么久了，连有道云笔记还是用得不熟，真是惭愧，以后真该好好学习下。

晚上七点，我播放轻音乐，用投影投出红色的背景板，期待着学长们的到来。可是，时间过去了几分钟，还是有几位朋友没有到达，我焦急起来，可立即就想：这是在修理我呢，是我做得不够好，我应该去感谢迟到的学长，是他们提醒我道场初建，引力太小，我做得太少，只有坚持做，才能产生磁场。念一转，呵呵，他们来了！大家坐定后，我宣布了今晚的三个流程：1/3 大余慧至堂组建事宜，1/3 观看北大公益讲座多个原创视频，1/3 学习“自我与人生”主题并分享。一切都很顺利，在 009 黄晓秀和 010 刘金贞的认真配合下，大余慧至堂正式出现在宇宙中，宇宙中唯一一次的大余第一期分享会，正在顺利进行！我时刻提醒着自己：感谢这一切，成就现在的我！记住老师的六个字——专注、喜悦、谦卑！

中途，梓林学长发来消息：很好，开始就好，做一次就到了！是啊，说了无数次，不去做，不去行，都是零。闻道不行，莫如不闻。做一次，就成了，就是了。这也正是我开始前鼓励黄晓秀和刘金贞志愿者所说的话。配乐诗朗诵，是很美的一种服务，感化着他人，融化着自己，你去读，就是最美的发生！一首《一切都会过去》、一首《回家的路》，在会议室飘然而起，她们做到了！我悄悄地看，很多学长闭着眼睛用心在听这美妙的声音，好享受！

学习完《自我与人生》视频，刘金贞率先上台分享：“我感谢一切的发生，今天理解了郭老师说的，错过一个东西，一定是老天留了个更好的给你。今天，我推掉了几年没见的朋友邀约的饭局，有幸参加了今晚的分享会。今天的《自我与人生》让我感触最深的一句话是一切都会过去，所有的发生都是上帝对你的邀请。近来生活和工作不顺心，曾经让我对自己的能力感到怀疑，困惑不已，心里一直有块重重的石头，压得自己喘不过气。听到这句话时，我恍然大悟，其实这一切，都是来成就我的，我若能过去，就能变成一个更优秀的自己；如果过不去，它就会继续在我的心里。在我朗诵《回家的路》时，我仿佛听到了自己内心的声音。

大余 012 赖芳梅，是文化部的一名员工。前几天刚好遇见一件让她纠结的事情，在一场活动上做主持，发生很多失误，压力非常大。她看了《自我与人生》视频后，激动地走上台，开始敞开分享："正如课程里面说的一样，所有的问题，都是上天对你的邀请。回想起上一次我做主持时所接受的邀请，当时我都产生了退场的想法，后来同事一直逼我，叫我必须继续上，当人退无可退的时候，反而冷静勇敢了。想起郭老师文章中说过的：'逼你做事，是慈悲，分寸是智慧！'经历了，我终于明白：反正一切都会过去的啦……为什么要的啦自己跟自己过不去呢？放下执着，就能释怀。只需从每一次的邀请当中去总结，让人生接下来的旅途，不再重复，你就成就了自己。"

黄晓秀也上台分享了——

"感触最深是'发生'，每一个发生都是最好的安排，只要我们没有了解这个发生的意义，没有让这个发生过去，它就会锲而不舍一直发生！有时工作没有做好，领导批评，总是很气馁，很想放弃！其实就是没有让"发生"完成，是我没从这个发生里得到成长，没有因此而成就自己。只要一转念：这个'发生'是来修理我的，成就我的，第二天就可以看到一个更好的自己！曾经，我一直以自己的普通话不标准为由，拒绝诗朗诵。韩磊学长没有放弃，一直纠正我，一直鼓励我。当时的心里就想，打肿脸充胖子吧！好与不好都会过去的！当刚刚音乐响起，我鼓起勇气诵出：‘茫茫宇宙……’我忽然发现，我战胜了自己，在这个部分，我毕业了！感恩……”

199志愿者黄文英激动地说：“真的很感谢北大公益讲座，在我最需要的时候出现在我的生活里，我现在很好。说来也巧，那几天，自己的家庭氛围很糟糕，自己绝望，甚至有了轻生的念头。就在这么一个时间，遇见了北大公益讲座，那天经理叫我去听课，我听到老师讲的没有什么是过不去的，每件事都是给我们一次体验的机会。人要圆融，才不会互相伤害。人的生命这么重要，我该珍重！真是让我茅塞顿开，豁然开朗。今天，我真的很高兴，加入这个大家庭，我要好好跟你们学习！”

大余029志愿者刘燕说：“很喜欢北大公益讲座，今天听学长讲北大公益讲座是给志愿者开的，是同频道的对话，我真的很喜欢。我觉得，今天的学习，让我明白了，不论是在生活中还是工作中遇到什么事，该来的迟早都会来的，坦然面对，笑一笑，没什么大不了！在酒店前台工作，经常遇见一些很不讲理的客人，转念一想，这个世界哪来对错之分，你是对的，别人也是对的，换位思考就对了。”

大余006志愿者张继春十分感慨：我领悟“光明圆融善”的含义，就是要通过“做”去实现，要知行合一，修行合一，通过自己是一切，到达善。

这个时候，一个女孩主动提出上台分享，是大余018志愿者邱小莹。刚走上台，她的声音就开始呜咽，泪花在她眼里打转，她说：“以前的自己，性格直爽，从不掩饰真实的自己，包括脾气、个性。自己的生活也是，波折很大，受了好多好多苦难。从好到坏，又好些，又坏，不断折磨，现在我才明白，原来一切都是为了成就我而发生的，只要我感谢了，这一切，就完成了。感谢所有的发生，让自己变得更好。”

时间过得真快，大家热烈地分享，就是互相点燃，在未来的日子里，一簇簇烛光，将闪耀在大余。

最后，所有志愿者一起站起来，共同宣读了志愿者四个理念。我邀请黄晓秀和刘金贞上台，与我一起给大家深深地鞠了一躬，这一躬表达了我们的专注、喜悦和谦卑。

分享会之后，我们开始总结，尽管很成功，但还有改进和完善的空间，比方说，大家一激动，忘记拍合影了。不过，我想，这个暖记忆，已经永远留在了大余志愿者的心里。以一首当时的即兴诗，作为弥补吧：

花开花谢，斗转星移 / 曾经，我们像个孩子一样好奇 / 不断地追问过自己 / 我为什么会来到这里？/ 我如何住进我的身体？/ 慢慢地，长大了 / 柴米油盐成了生活主题 / 名利食色成了追求意义 / 彷徨，消极 / 执着，生气 / 我们搞不定自己 / 直到有一天，一群蓝衣志愿者 / 点燃了心中的慧命之光 / 将周围照得明亮 / 才看到这一切的发生 / 都是为自己而来 / 才明白人生全部的拥有 / 只是经历一次的机会 / 才了悟这一切的一切 / 都会过去 / 唯有一个更好的自己 / 能让这世界变得美丽

正如梓林学长所说：想是气体，说是液体，写才是固体。写下大余慧至堂第一期志愿者分享会纪实，成为固定，留在这里！用以记载这个伟大的开始！

讲座就是讲做

贺晓敏 / 深圳 168 志愿者

时刻抱有感恩之心，积极进取，人生的大门自然就会敞开！

说到北大公益讲座，庞坤学长是我生命中的贵人。

2013 年 12 月的一次聚会上，我认识了庞坤学长，因为他刚好坐我旁边。他说我给你推荐一个课程："北京大学公益讲座，你学完这个课程以后，其他所有的课程都不用学了，而且这个课程还是免费的。"哇！当时我好惊讶，竟然会有这么神奇的课程，这到底是一个什么样的东西呢？于是，在认识他还不到一个月的情况下，我参加了北大公益讲座的深圳分享会。

第一次参加分享会，就深深地迷上了！很神奇，我平常是急性子，说话快，在当天的现场，被庞坤学长叫到台上分享，我说话一下子就变得很慢、很温柔，内心非常平静，我自己都不清楚怎么会变成这样。分享会就是有这么神奇的力量！到今年的 12 月，整整两年的时间下来，北大公益讲座给我带来了太多的好处。

第一个好处就是，从修理自己，让自己更好开始。我们如何让自己能够更好呢？一直以来，我都是一个非常爱学习的人，上了很多课程。但学了很多之后，我发现一个盲点：很难落地。课程内容很好，学的时候非常"激动"，回家就"一动不动"，常常是，学完没多久，就打回原形。

可是北大公益讲座是一个很“残忍”的课程，“残忍”在哪里呢？你参加完课程或分享会之后，只要你跟着，就不会放过你。第一个就是让你写东西。一直以来，我就不喜欢写作。可是，梓林学长每次都会鼓励我说：“晓敏要出书的啊，书名就叫《纳言敏行》。”唐岚学长也常常布置任务：“今天分享会的现场报道，就你来写了。”还说：“让你做事是慈悲，分寸是智慧。”对于这样一种充满爱的鼓励，你是很难说“不”的，北大公益讲座就是这样，逼着你去做，叫“以文修身”。

于是，我慢慢开始写文章，每次写完，都拿给唐岚学长修改，她很用心、很细致，帮我斟酌修改每一个字、每一个词，甚至每一个标点符号，就在唐岚学长这位老师的指导下，我的写作现在提升了不少。

还有一个让自己更好的方式是诗朗诵。我从来没有朗诵过，但是在北大公益讲座，说让你上，你就要上，也不管你能不能上，反正就让你上。我原来一直以为，朗诵就是夸张的声情并茂。后来学长说，你这么做作地朗诵，是很难打动人心的，好的朗诵是要先让自己的心安静下来，用心去体会这首诗要表达的意境，然后再和下面的听众去分享，你要安安静静地说给人家听，首先是说给自己听，先打动自己。才能打动别人。就这样反复练习朗诵，我的心越来越静了。

凡是踏上了北大公益讲座这条船的学长们，渐渐就知道了，“修行”的路很长很长，因为不仅要写文章、朗诵，还要听音频，主持分享会，直至做讲师。而这一切，其实都只是一个工具，这些工具就是让我们自己的内在越来越好，更安静，更坦然。

第二个好处就是“齐家”。一直以来我都是“好为人师”（所以选择了教育行业），每次在外面学了点东西，就喜欢回家跟先生显摆：这个应该这样，那个应该那样。可是，只要我一张嘴，先生就会心生厌烦，并显脸上，让我闭嘴："你每次学的东西，都是来教育我的，你学了那么多，那你做给我看啊！"

是啊，我到底做了什么呢？我到底应该从哪里开始做起呢？听《生命之受》时，我就思考如何能把现在的"忍受"变成"接受"进而到达享受。之前，我特别会挑先生的毛病，结果就演变成互挑毛病，如何变为"接受"？我就先从挑剔转为欣赏。当念头改变时，真的境随心转，他回来跟我聊工作，我也不会觉得烦了，安静听他说完，给一个鼓励地肯定："老公你真的好棒，你很有韧性，这个事要是我碰到，肯定解决不了的。"看到他辅导儿子，我会说："孩子的学习，我是完全辅导不了，要是没有你，我都不知道他的学习成绩会成什么样。"跟他分享学习心得，我会说："我学了很多东西，但是我坚持不住，我把学习心得分享给你，欢迎你来监督我的执行。"

慢慢地，我的先生、父亲、哥哥都走进了讲座的课堂，大家在一起共同语言越来越多，还常常开家庭分享会。就这样，一家人的思想慢慢就开始同频了。我觉得，好东西不仅要修自己，也要影响到你的家人，而且修完自己，必然会影响到家人，大家一起来，你身边的环境就会越来越好。

第三个好处就是"治国"。当然，我是没有能力去治理这个国家，我理解的"治国"就是管理好自己的事业。我是从事学前教育行业的，我的家人在这个平台有收获以后，我就在思考，这么好的东西，是不是也可以分享给我的团队、我的家长朋友们呢？于是，我就请庞坤和唐岚学长到中心给员工和家长开分享会，两次活动下来，很高兴地看到她们脸上笑容越来越多，也有一些家长和员工坚定地成为讲座的志愿者。我们还会继续做下去，让更多的家庭受益。

梓林学长一再说：北大公益讲座就是讲“做”。从哪里开始做起呢？就从搞定自己开始做起，把自己搞好了，才可能影响身边的人，让自己越来越好之后，别人才会受到影响。如果自己都没有把自己搞定，就想去搞定别人，那是一件非常痛苦而困难的事情。

我的一位老师曾经这么问我：如果当下你的生命已经到了最后一刻，你会在你的墓碑上，写下你这一生是怎样的一生，你会如何写？我脱口而出：“我希望在我的墓碑上写下：我的一生，是对自己对别人都有价值、有意义的一生！”这也是我的梦想，让自己快乐，让身边的人快乐！我们一起来做，让梦想照进现实！

一杯白开水

刘春梅 / 北京 619 志愿者

一切从心开始，从心归零。

朋友问：“跟北大公益讲座时间这么久了，有什么感觉？”

我说：“第一我跟得不久，与其他资深学长比起来，我只是幼儿班的，还是小班；第二，跟着北大公益讲座的感觉好像没什么感觉，就像是一杯白开水……”

“白开水，那还跟什么呀？外面很多的培训，听完了都是激情澎湃的，那种高大上的‘鸡尾酒’很有感觉！”朋友不解地问。

我说：“是吗？那也不错！只是觉得‘鸡尾酒’偶尔喝喝还可以，久了会有两个受不了：一身体吃不消；二是钱不给力。如果钱给力的话，身体就更受不了，因为那样离八宝山越来越近了。”

朋友莞尔一笑：“这么说，高大上还不如你的白开水？”

“是的，没错。一年 365 天，人哪一天离得开白开水呢？”

恰逢 12 月初，唐岚和庞坤两位学长专程来北京，为中国传媒大学学生开课。那日上午在我公司开高端分享会，我道出了自己的这番感受，梓林学长马上说好，让我写篇文章，标题就是“一杯白开水”。

其实，我的心中早已是千丝万缕，百转千回。如果说我想明白了北大公益讲座是一杯白开水，那也是经历层层洗礼后才悟到的。因为过去的我也曾非常羡慕鸡尾酒，热衷高大上，喜欢干那种一群人围在一起，畅快地说着言不由衷的话，转头就骂娘的事情。

回想我刚刚走进讲座时，突然间感受内心深处被触动，仿佛自己内在的能量一下子被激活了！我心潮涌动，信誓旦旦，决定要全力以赴地投入进去，随时准备冲锋陷阵，改变世界。

走进去后发现，这里好像也不是所描绘的那个“天堂”嘛！讲座每天都在说“光明圆融善”，可我看这些学长们也不圆融啊，于是我看着谁都不顺眼，看哪哪都是问题。“Oh，Yes ！他们都有问题，有得修，我是对的！”为了巩固自己的认为，有一段时间，我甚至开始整理其中我以为的问题，给梓林学长各种建议，林林总总数不胜数！那时的我，真是一副天下唯我独好、自以为是的心态，现在想想，真的好惭愧！

一直到我参加“北大公益讲座第 500 场暨深圳第 100 场”的盛典，我才恍然大悟！原来：

“所有人都没有问题，最有问题的人就是自己。”

“所有别人的问题，都是由自己内心的问题而生出来的。”

“自己才是真正最需要帮助的人。”

“在跟随的过程中，不知不觉中收获了一个更好的自己。”

为什么我将北大公益讲座比作一杯白开水呢？因为我发现，北大公益讲座根本不需要我，她就是一杯白开水，来了她包容，走了，她也不会有任何缺失。永远的状态都是不悲不喜，不增不减；因为她纯粹纯洁纯净，无色无味，却让我在平淡的跟随当中，洗尽自己满身的污浊，而她却从没嫌弃过我，直到我照见真实的自己。

一件 35 元的 T 恤，让我放下了虚荣，见到了一大批的家人。

所有的付出中没有任何的收入，让我放下了利，解开了自己的心锁。

懂得了心甘情愿的接受与付出，让我放下了自以为是，也就懂得了谦卑。

最后终于明白，这一切都是为自己而来，自己是一切的主宰。

北大公益讲座就是一杯白开水，能不喝吗？

借我一双慧眼

贾春霞 / 济南 157 志愿者

拥抱更好的自己！

《童年》这首歌中唱道：“一年又一年，一年又一年，迷迷糊糊的童年。没有人知道为什么，太阳总下到山的那一边？没有人能够告诉我，山里面有没有住着神仙？多少日子，总是一个人面对着天空发呆，就这么好奇，就这么幻想，这么孤单的童年……”还有一首歌大家都知道：“借我一双慧眼吧，让我把这世界看得清清楚楚明明白白真真切切……”多少年来，我一直感觉自己迷迷糊糊，可是去哪里借一双慧眼呢？

何止是童年，青年时代的我，也一样迷迷糊糊、孤孤单单地走过来了。直到不惑之年，直到遇见北大公益讲座，直到参加了北大公益讲座“第 500 场暨深圳第 100 场”的活动，我才终于借到了这双慧眼。我真心地感谢自己，带着自己全程参加了“第 500 场暨深圳第 100 场”前前后后的所有活动。

2015 年 10 月 12 日下午，由梓林学长亲自主持高端分享会，这次邀请到了王毅学长和陈珂学长。正是这场铿锵三人行的分享会，拉开了 500 场活动的序幕。晚饭后，许多学长意犹未尽，在小会议室继续分享！会议室人满为患，我是站着听完的！晚上十一点回到房间后，与章丘 001 郑玉梅学长又分享至凌晨两点半，才躺下睡觉！

第二天一早，看到梓林学长发的分享会报名信息，问我是否参加上午九点由王毅学长主持的分享会，我立马回复“参加”。于是，取消了 13 日上午去深圳“世界之窗”游玩的计划，参加了一个上午的小型分享会。

下午活动正式开始，来自全球的志愿者代表上台分享自己的思想和收获！整个过程就像一次智慧的大聚餐，还来不及消化就被热情的玫红色热浪带进了晚餐的环节！参加活动的志愿者欢聚一堂，畅谈人生，好不快活！14 日一早，梓林学长一行去江西继续第 501～514 场的课程。我和桂林赵碧英学长，在深圳逗留一日，有幸去深圳 002 志愿者兴旺学长公司参观，并参加了由王毅学长主持的深圳志愿者分享会。15～16 日，在广州忙了些自己的业务。17 日赶到东莞参加了陈珂学长关于孩子教育的“成长的烦恼”讲座。18 日在广州番禺又赶上陈珂学长主讲的《中国思想流》读书会！10 月 18 日晚上十一点回到泉城济南，回到自己温暖的家。整整一周，七天八场活动，收获多多，心满意足！

回济南后的第三天，几个好朋友来找我聊天，让我分享深圳之行的收获！我努力搜索语言，搜肠刮肚也无法表达！忽然想起不知谁曾讲过的一句话：心里明白，又说不出来的东西，统称为智慧！

在《我们共同走过》丛书的后勒口上，有梓林学长的一句话：以文载道，美文传道，以文修身！写文章要趁热打铁，时过境迁，感受就会打折。直到今天，《繁星点点》的最后截稿日期，我才逼自己静下心来整理一下思绪。时隔半个多月，也只能语无伦次写这些了。反正说出来的就不是了，权当在智慧的圆球上，用一支笨拙的笔，画了一幅幼稚的儿童画，留作纪念吧！

今年以来，不断有人问我北大公益讲座到底讲什么？我回答：讲“做”，讲《从生命到慧命》，讲《光明圆融善》，讲《幸福是想出来的吗？》，讲《如何思想才有力量》！别人再问：什么是慧命？我就会语塞，就会将话岔开，好生惭愧！

再说说自己，我一直是极愚钝之人，完整读过的书没有几本，不知是固执的无知，还是无知的固执，总之是极其自以为是！直到听到北大公益讲座一句“放下自以为是”，真是当头棒喝！一句“来者不拒，往者不追”，让笨拙的我有机会追随；一句“光明圆融善”让我清晰了人生的终极目标；一句“帮助他人其实是成就自己”让我知道了该怎么去做；一句“心能转境”，让我明白了什么是幸福！而500场让我感受到了什么是“智慧”！

幸运之路

刘志强 / 大余 016 志愿者

热爱生命，拥抱世界。

人生一路走来，经历了少年的天真、青年的激情，既遭遇了苦难，也享受了幸运。快到不惑之年，渐渐开始减少了对“术”的求知欲，更想寻找真正的为人之道。为人之道是什么呢？以前一直想着把它叫作“致良知”。有一次深圳的一位朋友问我：“致良知，是善良的知识吗？”我无言以答。之后，我觉得还是北大公益讲座的“至慧命”更便于理解。梓林学长说过“真佛只说家常话”。

如何去实现自己的慧命呢？我终于在北大公益讲座找到了答案！这就是：光明圆融善，甘愿付出，享受付出！这里面每个字都闪耀着人性的光芒，唤醒了我心底深藏的那个真我。

在十多年创业的艰辛路上，经历无数的拼搏，有成功，也有挫败。我一直想找一个清静的世外桃源，与世无争、与人无争，告别错综复杂、纷繁杂乱、瞎折腾的社会环境，过上一种平静自在，却又能对人有帮助的生活。

感恩章源集团的唐总，把北大公益讲座带到了大余。让我在这里找到了心灵的净土，一颗无助的心，从此不再无助。讲座带来了人世间最美好的音乐、文字、原创视频，以及最独特的课程，温暖了无数像我一样孤单的心灵，让我在修行的路上开始内求，明白了，只有让自己更好，家里人才能好起来。

儿子今年三岁，风风雨雨的一千多个日子，把他带大真是不容易。这三年，因为太太工作太忙，我放下手上的很多事，专心陪伴了孩子三年。这期间，一直觉得自己付出了很多，待在家里当“奶爸”，心里总是有点“那个”的感觉。

记得有一次，孩子在车上哭闹，不愿坐安全座椅，我当时便生气地吼了一句，结果把孩子吓得浑身一抖，哭得更厉害了。困惑之余，我请教大余 001 韩磊学长。他告诉我：“孩子是在修我们的，看看自己的修养够不够。这样一件小事，就情绪失控，说明自己的修养还差得太远，平时所谓的学习，其实学完了并未去行。”我也多次听梓林学长说：“北大公益讲座的‘讲座’，其实就是‘讲做’，讲了要做，讲完就做。要‘知行合一’。”明白了这些简单但又做起来不容易的道理，我开始改变自己。在此后的几个月里，每当碰到孩子哭闹，或是太太不高兴时，我便提醒自己：修自己的时候了。有了这种觉察，很快就会用微笑和爱的磁场，去应对眼前的发生，一切都开始走向缓和。事实证明，孩子和太太一下子就因为我的转变而转变了，家庭有了越来越多的温馨和温暖。

北大公益讲座让我彻底明白：儿子其实是给了父母一次付出的机会，有了这样一个转变，身边的事就不再让我烦恼。而孩子成长的过程，是让我们自己的生命创造不同，也让自己不断成长的过程，进而从中得到了一个品质更好的自己。

我在接受与反思中终于找回那个真实的自己，明白了要内心光明，对外圆融，心存善念。尽自己所能，去帮助他人，成就自己的人生价值！

2015 年 6 月，在丫山风景旅游区的道源书院，我参加了四天三晚的讲师培训，期间我主动抓拍了学长们的美好瞬间，连夜下山为每一位学长亲手制作了精美的相框，事虽小，却深深体会了什么叫甘愿付出，什么叫享受付出，带给别人快乐，就是给自己带来快乐，带来幸福感。

在北大公益讲座的平台上，我终于找到了从生命走向慧命的路，而且找到了一批同路人。我今年才 36 岁，而梓林学长说，他是 54 岁才听北大公益讲座的，而我这个年纪就接触北大公益讲座了，这是多么幸运啊。

学习的秘诀：听说行

王军华 / 桂林 293 志愿者

己所欲，慎施于人。

王毅学长来桂林专门为我们志愿者讲了一堂课，主题是《学习的秘诀》。

讲课时他在《学习的秘诀》后面，加了三个字“听、说、行”，并说这三个字是学习的关键。

一是“听”。怎么听？听什么？这是学习的态度，也是学好的前提。我们学习时一定要把心带来，用心来听对方所讲的内容，安静地听对方讲完后再提出自己的问题，发表自己的观点。这一点非常重要，从会不会听可以看出一个人的素质和修养，认真听对方讲既是一种学习态度，也是一种礼貌。

我们在学习中常犯的错误是：他讲他的，我想我的，我一直纠缠在自己的问题当中，他说了什么没有听清楚，结果提问题或者分享时牛头不对马嘴。有些人更加性急，对方才说一句，他完全没有听明白对方想说什么，马上就提出自己的问题，当对方在回答这个问题时，他另一个问题又出来了，至于对方是怎么回答这个问题的，他完全没有听进去，这就叫“不会听”。

用心听对方讲话既是对学习的要求，也用于日常和他人相处，包括和自己的家人相处，当你的心在对方身上，重视对方时，就静静地听对方说话，听对方把话说完，知道他想要什么，他想要表达什么。当你听到了对方的心声时，你们之间的关系是融洽的。

二是“说”。说什么？怎么说？这是学习的升华，所学的东西大多数是通过说表达出来的，但怎么说是有学问的。简单地说就是：“不是你想说什么就说什么，而是对方需要什么才说什么。”说话是一种技巧，能够通过说把自己的真实意思表达出来，并且做到简洁、易懂，这需要平时的学习和锻炼。

梓林学长曾经多次对我们说：“我们说出来的话要是真话，但真话不必全说。”说话是说给别人听的，因此在说的时候，一定要弄清楚别人喜欢听什么。有些话尽管是真的，但别人并不愿意听你诉说，比如发生在你身上的苦难史，抱怨某些不公平待遇，等等。

我们说话要对别人有帮助，让别人听了不觉得厌烦，听了还想听，这才是说话的目的。另外说话还要看时机、看场合，如果没有想好要说什么，最好的办法是闭嘴。

三是“行”。行才是我们学习的目的，也是检验学习效果的唯一标准。无论我们学习什么，如果在现实生活中不会使用，等于没有学，如果在现实生活中用反了，那还不如不学。

在当今社会中，就有一批这样的人，学了很多的知识，也很会考试，但在现实生活中不会用。比方说，通过学习知道要孝顺父母，但在现实生活中却总是顶撞父母；知道要对人友善，生活中却斤斤计较，等等。这就是学一套，做一套，知行不能合一，达不到学习的目的。

我们北大公益讲座其实是“讲做”，北大公益讲座四大理念的核心就是“做”。“用我们的做到，证明我们全部的说，是真实不虚”，“甘愿付出，享受付出，帮助他人其实是成就自己”。只有做到了才是真的到了，做到是对自己，自己没有做到，却总是要求别人去做到，这就叫“强人所难”。

学习的秘诀也是待人与处事的延伸，当我们会学习了，并且能够学以致用、知行合一，那么我们在待人处事时也会做得完美，愿我们每一位志愿者，在北大公益讲座的平台上都成为会学习的人。

为了一个更好的自己

肖瑶 / 深圳 087 志愿者

命里有时终会有，命里无时莫强求。

改变的力量

2013 年 3 月 16 日，是我 48 岁生日的头一天，经庞坤学长介绍，有幸在离家不远的车公庙工业区，听了一场北大公益讲座的第二阶《光明圆融善》课程。三个小时的讲座和两个小时的分享会非常精彩，从此，我的生命开始不同，因为从那天起，我成了一名志愿者。

同年的 4 月 19 日，我们公司邀请到北大公益讲座举办了一阶二阶连场活动。我的慧命从此被点燃。尽管这束烛光很微弱，但只要继续燃烧就会对周边带去光和热。

我是一个性格开朗、积极向上的人，而且也不乏善良，但却缺乏一颗圆融智慧的心，经常表现为“三角形”、有棱角。跟随北大公益讲座两年多来，在众多学长的帮助和鼓励下，我从一个急躁的人，慢慢变成一个遇事淡定的人；从一个脾气粗暴的人，慢慢变成不太爱发脾气的人；从一个说话大声的人，慢慢变成和声细语的人；从一个心直口快、容易出语伤人的人，慢慢变成讲话会顾及别人的感受的人；从一个爱较劲的人，慢慢变成一个凡事不争对错、只是默默接受的人；从一个看问题比较简单的人，到可以对一个问题从多角度去思考的人；从一个愿意牺牲的人，慢慢变成一个甘愿付出且能享受付出的人，而最重要的是从一个外强中干的“女强人”，慢慢变成了一个温柔体贴感情丰富的女人；从一个过于严厉的妈妈，慢慢向一个慈祥的母亲靠拢。总之，在这条自修的路上，我的感悟不浅，收获很大，而这一切都是为了一个更好的自己。

温柔的极致才是坚强

有一次参加了一个高端培训，老师把我的生辰八字作为案例进行命格讲解，说我命中缺水，女人命中缺水意味着不够温柔。在生活中，我确实很不温柔。

1965 年，我出生在一个乡村教师家庭，是家里的老大，也是父母的掌上明珠。然而，从懂事开始，我就不得不接受“文化大革命”强加给我的“反革命子女”的现实。

读小学期间，虽然我的学习成绩年年都是年级第一名，但我总是当不上“三好学生”，因为我被划定为政治思想不可能好的那一类。我的母亲告诉我，只要好好学习，自强自立，以后一定会让自己过得很好。正是这种特殊的童年经历，让我变得很顽强、很刻苦，也很自立，我要求自己无论是男人能做的事，还是女人该做的事都得会做，而且要做好，不但要自己各方面都优秀，还要帮助父母照顾弟弟妹妹，因为吃苦多了，不知从什么时候开始，就不太会流眼泪，温柔也从未在我的身上表现过。随着年龄的增长，“假小子”“女强人”等称号就不知不觉地戴在了自己的头上，虽然有时候也会觉得很累，但还是死扛着。

2013 年 12 月，北大公益讲座在番禺永乐农庄举办了第五期三阶课程。参加这次课程的最大收获是，知道了“坚强的极致是温柔”，女人要用极致的温柔，来展现自己的坚强。也是从那次课程之后，我慢慢开始明白：自己毕竟是一个女人，需要具备温柔的品质。

在现实生活中，其实我早有所知：不温柔的女人，往往会吃很多苦头，遇到什么事情，男人们都不会帮你，因为他们觉得你不需要帮助；不温柔的女人很难讨人喜欢，因为人们会误认为你是只刺猬；不温柔的女人得不到上级的赏识，因为他们会觉得你虽然做事可以，但对领导不够尊重。

在一个家庭中，女人不温柔是致命的。儿子从小做错事，很容易受到我的严厉批评，导致他非常叛逆，他会用不好好学习来惩罚我这个不温柔的母亲。让一个从小聪明伶俐的儿子，变得没有文化，这成为我心中永远的痛。我的所谓坚强，不仅没有让儿子学会坚强，却让儿子失去了一份慈悲。

在我为儿子的事焦虑困惑之时，我终于遇到了北大公益讲座，我开始反思自己，开始改变自己，首先从讲话的语气和声音的大小改变。慢慢地，命里缺水的我，也有了些许的温柔，儿子开始明白父母的不易，开始感恩父母，开始想学习了，虽然似乎有一点晚，但只要开始了就好。

我是一个客家女人，从小就认为家务是女人分内的事，但由于自己也有工作，以前虽然也做家务，但总会有些不情愿，常常抱怨丈夫不帮忙做饭洗碗。但自从知道了牺牲和付出的区别后，我干起家务活来是开心的，对家里的其他成员不再有任何的埋怨，我甚至感谢他们把家务活都留给了自己，让我在家里也不会感觉空虚无聊，每当我把厨房清理得干净整洁时，我心中会升起一种成就感。其实，做家务还可以锻炼身体，一举多得。真的是心能转境，决定幸福的是心，不是脑。只要自己的心境变了，做同样的事情，感觉就是不一样。跟着北大公益讲座与广大志愿者一起修行，就是为了一个更好的自己，自己好了，家人也会幸福起来。

一切都会过去

每当听到北大公益讲座原创诗朗诵《一切都会过去》，我的心就会豁然开朗，因为生命是用来追求价值的，有人需要你，有事需要你，你才有价值，而有价值的生命，才会绽放光彩。

这两年，我经历了许许多多的不如意，常常想起《一切都会过去》，才支撑到现在。

2013 年的 7 月，那是一个多雨的季节，让人多了几分忧伤，而当时的我却雄心勃勃，一心一意想把公司的培训业务做大做强。正当我为上半年超额完成任务而高兴，为下半年的工作做着计划的时候，上级一纸公文，要把我调离苦心经营了七年的培训中心，到一个我完全不熟悉的公司去任职，而且从原公司的一把手，降到新公司的二把手，这对我来说，无疑是晴天霹雳，因为没有任何的心理准备，所以真是难以接受这样的现实。

就在我非常彷徨痛苦的时候，北大公益讲座志愿者分享会如期举行。这一期的主题是“生命之受”，这简直就是为我举办的分享会。参加完这次的分享会，我知道了，这次的发生就是来修理我的，说明我还不够好，也就在当场，我分享了我的感受：以前的荣誉和功劳都过去了，就像我的技术生涯被改制改掉一样，一切都成了过去，但我知道一定还有一个更大的、更好的在等着我。

到了新的公司，我开始向我的同事学习花卉市场的管理工作，并接手解决公司几个劳务纠纷，运用光明圆融善的理念，常常提醒自己，善待每一位员工，让留下的和离开的员工，都能开开心心地接受安排。因为经常关心身边的同事，传说中“很厉害的肖总”，变成了“和蔼可亲的肖总”，就这样，我很快融入新的工作环境，甚至感受到了不当一把手的轻松的喜悦。

然而，好景不长，2014 年的元月，我接到市政府通知，在我们公司管辖的公园拟建场地，要求我们在年底前交回政府，并要求我们从 2014 年 4 月开始，清理花卉市场所有的租户，将所有建筑物拆除。这是一个非常艰巨的任务，因为拆迁是天底下头等难题。从 2014 年 4 月 1 日开始，我们就被那些租户采用各种手段威胁着，他们喜欢什么时候来就什么时候来，从几十人到 400 多人不等围着我们不让离开，非要答应给他们天文数字的法外补偿；有时他们会到市政府、市人大、信访局等静坐抗议，发生这样的群体性上访事件时，政府部门的处理方法就是一个电话叫我们把人领回去，结果被围堵的还是我们。

我们被弄得焦头烂额，实际上这次拆迁本来不应该有纠纷，因为房子的产权是我们国有企业的，租用合同到期，不续签是合法的。当公司领导被弄得垂头丧气的时候，我就用“一切都会过去的啦”去安慰和鼓励他。

在这期间，我又参加了一场主题为“承担的智慧”的深圳分享会，听完之后，觉得自己能多做一点就多做一点，尽可能多分担一些，把麻烦事往自己身上揽。因为对事的承担，培养出的是才干，对人的承担成就的是德行。

经历了半年非常有意义的磨炼，我终于顺利地完成了市政府下达的任务，得到了各级领导的高度评价。而这样一段不同寻常的经历，的确使我的人生更加丰富多彩。现在想一想，如果没有 2013 年那次工作调动，我的生命也不会经历这样一场考验，也就不知道自己还可以做那么多的事情。而有了这样一次发生，我的内心从此更加强大。我相信，今后遇到更大的困难，我也可以克服，感谢北大公益讲座让我找到工作的乐趣，找到幸福的源泉。

谁做谁得

北大公益讲座就是讲“做”的，所以，我一直都热衷于参加深圳慧至堂的课程服务和分享会。两年间在深圳举办的所有活动，我几乎都参加了。其中两次去深圳监狱服务，我印象尤为深刻：我在现场深刻地感受到了“生命是需要导航的”这句话的含义，有了北大公益讲座的航灯，人生才不容易偏离航向；也感觉到给服刑人员服务和给普通人服务有所不同，更加懂得了自由重要，人身自由和人心的真正自由，对于每一个生命来说，都是那么重要，人之所以不快乐，往往是自己给自己筑起了不必要的心牢，只有打开心牢，才会拥有真正的身心自由，才能得到快乐和幸福。

每一次参加分享会，都有不同的收获，甚至觉得每一次分享会的主题，都是专门为我设计的。在一次分享会上，我听到一位学长说：在上一次分享会上，她听到我以不同的方法孝顺父母，回去后，她也就不再要求父母按照自己的想法生活，果然改善了与父母的关系，一家人从此其乐融融。这让我很高兴，没想到自己的分享，也可以让听众的生命有了不同。

我知道，对照北大公益讲座的理念，自己还有许多方面没有做到，唐岚学长在群里发出征集《繁星点点》稿件时，我不知如何写出自己的真实感受，直到唐岚学长鼓励我：“每天写 200 字，10 天就可以写 2000 字。”我受到鼓舞，终于写下了上面的文字。我知道，作为北大公益讲座志愿者，重要的是做，做了才能有感悟，有了感悟，才能写出来。以后还要继续努力，因为谁做谁得。

与北大公益讲座一起飞

段杰 / 深圳 369 志愿者

独立之精神，自由之思想！

2015 年 5 月 20 日，对我来说是个特别的日子。第一次跟随北大公益讲座出行重庆，做一名服务陌生人的志愿者。从接到唐岚学长的通知时，我就充满期待！想法也很简单：“做志愿者，无非就是在会场拉拉条幅、拍手欢迎、向听众鞠躬之类！”“向听众鞠躬”对我来说，好像只是跟随其他学长一起行礼，礼节性的走形式。所以在我的内心并没有虔诚感，更谈不上大家挂在嘴边的谦卑。

21 日晚上，北大公益讲座为重庆学府医院 300 名医护人员授课，上完一阶课程，医护人员深受感动，场面热烈程度让我大开眼界。

第二天，我们赶往二圣镇天坪山，为集体村的村民开课。这个村在农业部很有名，是全国现代生态创新示范基地，全国仅有五家。集体村的村长郑孝钱，早先外出做企业，相当成功，但“受不起”村民的邀请，为了让村民过上好日子，放弃了自己经营的企业，回乡带领村民致富，立志要将集体村自然生态打造成文化生态。在郑村长的带领下，集体村在 2013 年获得“中国最美乡村”的称号，我想也正是因为有了如此善良的人儿，这里变得更加美！

第三天一大早，学府医院十多位医务人员也赶到天坪山，免费为当地农民做体检。

我见证了北大公益讲座在天坪山落地，见证了“重庆三剑客”：熊英学长、谭静学长、周林笋学长，从引进课程到组织人员听课、场地安排等等，课程前前后后地付出。

让我感动的是：周林笋学长在规划天坪山项目时，向规划公司提出的唯一的要求，是要将农民的利益作为首要考虑。规划公司负责人被周林笋学长身上这种善良的光辉感染，特为农民让利。

志愿者一行来到天坪山的天心寺，住持讲到佛陀的慈悲就是一种对世间万物的爱、无私奉献的爱，大爱！这与志愿者的第一条理念如此吻合，修两颗心即慈悲和智慧之心，在内心种下善念，心量打开了，才能看见光明并传递光明！

北大公益讲座课程上得到的只有 2%，后面的 98%，需要志愿者跟随。如果我不去重庆，我就得不到 98%，甚至远大于 98%。面对一群善良而可爱可敬的人儿，用我们的做到，帮助他人，发热发光。

我真心感到惭愧！做志愿者哪里是付出，我明明在享受，我看到一个个有心量的生命，点燃我，让我内心充满力量。我打心里向他们虔诚地鞠躬！更要向那些来成全我们的听众们鞠躬。

北大公益讲座你没来，也没什么不同，假若来了，一定会有所不同，来了不跟随真的好可惜！这是我这次参加重庆行最大的体悟！

梓林学长说：“人人心中都有，个个笔下皆无。”我突然意识到我的心中和笔下都很欠缺。但是，内在的“知”和“觉”在这一次的跟随中打开后，我开始愿意让自己享受那份被“逼”的紧迫感，心甘情愿地去接受那份最温暖的邀请！我终于拿起笔，记录下自己跟随讲座走过的感受，并决心带着自己的心一直勤奋地去做。相信这一次起飞，会把我带往人生更高的境界，我已经准备好了，随时起飞……

走在光明圆融善的路上

张连义 / 北京 128 志愿者

好心人一生平安！

我出生于 1934 年，从小跟着爷爷读“四书五经”。1949 年秋天，运河决堤，淹没了村庄和田地，我家被迫流落到泰安和河北滩县谋生。

新中国成立后，我上学了，参加了共青团，先后担任过村团支部宣传委员、组织委员和支部书记。1956 年，被选为乡团总支部宣传委员，继而参加了中国人民解放军。

服役期间，我加入了中国共产党。在四年的战备训练中，获得过两次三等功，并获得“五好战士”的称号，曾代表全班出席了六十七军的积极分子代表大会。1960 年 2 月，我复员转业到北京中国科学院仪器厂担任见习技术员，时值苏联撕毁合同，撤退专家。1962 年，我担任保密员一职，负责管理仿制苏联《核磁质谱计》的保密图纸和资料。因为表现优异，获得“先进工作者”称号，并在表彰大会上和郭沫若院长、张劲夫副院长合了影。在国家研制人造地球卫星期间，我负责“东方红一号”“光兵一号”“实践一号”等型号卫星各类机要保密图纸和机械加工零件图纸的接收、拆封、标识、下发、收回和返还等工作，直到退休。

我今年81岁了，是被北京034志愿者张镌玲（我儿媳妇）引领到“光明圆融善”的路上来的。听完《从生命到慧命》课程之后，我印象最深的一句话便是梓林学长说的“感恩不是什么大德行，感恩是生命内在应有的品质，正如慈悲，慈悲是生命的源代码”。我才认识到感恩的意义。

首先，感恩我的祖爷爷、老爷爷、爷爷三代读书人。我的爷爷是个教私塾的先生，我从他那里得到了善良基因的遗传，读到了“人之初，性本善，性相近，习相远”、“弟子规，圣人训，首孝悌，次谨信，泛爱众，而亲人”和“大学之道，在明明德，在亲民，在止于至善”等等。从我记事起，从没听过爷爷奶奶骂人。我的父母没骂过我们，叔叔婶娘没骂过我们，我们兄弟姐妹也很少有人说脏话。感恩老祖宗把好德行传给了我们。

其次，感恩我的父亲和母亲。天大地大，没有父母的恩情大；河深海深，比不上父母对我们的思念关爱深。父母千辛万苦把我们养育成人，为了我们兄弟姐妹四人，省吃俭用，受尽了苦和累，操碎了心。那个年代，大家的日子都过得很苦，但即使是在我们长大成人、成家立业后，父母有什么困难从不找我们。相反，父母总是力所能及地接济我们。有一次，看到我大妹没有褥子，父母硬是将自己唯一的一条褥子拆了一半给我大妹。还有一次，母亲知道我爱人快生孩子了，在那千难万难的时刻，还给我们寄来了三四十公分的一块“土布”，作尿布用。直到有一天，父母向信用社借贷，信用社不给，在我的反复追问下，他们才说出原因。哎！老人受我们拖累了。即便条件如此艰苦，父母依然不忘孝道。记得有一年，运河决堤，淹没了我们的田地和村庄。在逃荒要饭期间，父母买了个猪头让我送回家给爷爷奶奶享用，给我们做了个爱老敬老孝老的好榜样。从那时起，我深深懂得了“人有享不了的福，没有受不了的苦”，这个信念一直支撑着我。

其三，感恩我的老伴。我们都是穷苦家的孩子，又是表亲。当年，在亲友的说合下，她来到了我们家。我家没有彩礼，她家没有嫁妆，在六六大顺的日子里，我们结成了夫妻。她帮我侍奉孝敬爷爷奶奶、父亲母亲、大叔婶娘六位老人，无怨无悔。在粮食困难期间，她为我操办全国通用粮票。我说话耿直，容易得罪人，她从不嫌弃，依然心疼我。我们常年分居两地，我每次回家探亲，她都专门为我做好吃的。最近这二十多年，我们过上团圆的日子，她更关心我了。在严寒的冬天，我经常是晚上九点钟才下班，她会在晚上八点把热奶和鸡蛋送到我面前。我们俩单独做饭时，每周都有两三斤大鱼吃，吃不完她就生气，因为她总想让我营养充足、身体健康。

老伴当上北大公益讲座的志愿者之后，自觉放下了许多自以为是。她有老年痴呆症，经常是说过的话、做过的事，转眼就忘掉。我俩一起参加讲座的路上，她总是拉着我的手，怕我摔倒。坐公交车如果遇到好心人让座，她总是让我先坐，她站着。如果长时不听讲座，自以为是就会抬头，有时即使不吵架，她也会离家出走。这时，我便跟在她的后面。时间跟长了，她让我回家，别跟着她。我就说：“我不知道。”她说：“你怎么不知道？”我说：“是苏格拉底说的，是郭梓林老师说的。”这时她就笑了，烟消云散了。跟随讲座的过程中，不知不觉地，她解放了自己，幸福地向前进了。

其四感恩我的儿子、儿媳。他们不啃老，完全靠自己，这一点，我非常满意。我的儿子刚上班时，文化水平不高，但他带职读了中专。他在工作中积极努力，下班后还坚持自学，并考取了大学本科学历，给我们的脸上增添了光彩。儿子遵纪守法，走的是光明正道，这让我们很放心。孙女到外地上学，我想给她两万元支持，儿子、儿媳都不接受，还说：“孩子出去学习，费用我们出得起，您那点儿养老钱又不多，我们现在拿了，以后还得还给您咧！”我尤其要感谢儿媳妇，是她引领我们来到这里。她是个通情达理的好孩子，把她爸爸妈妈的智慧带到了我们家。她在相夫教子、关爱妹妹方面都是好样子，尤其在对我孙女的教育和耐心说服方面，可以说是独一无二的，值得妈妈们效仿。她还非常爱学习，中专毕业后，又通过自学考试，取得了大专文凭。6 月 15 日是她的生日，每年过生日，我祝她生日快乐，她都会开心地对我说：“爸爸，我爱您！”我听后感到很震惊，因为这声音很少人能听到，声音里饱含着她对我们的敬重。

最后，我要特别感谢梓林学长。我们全家五个人，五个都是志愿者，都在人生这份答卷上为获得更高的分数而努力，其中至少有一个人的生命延长了至少一年。

每当我身处蓝色志愿者当中，我都像婴儿一样被大家爱护着，大家把善良的目光都给了我。蓝色志愿者，我爱你们，虽然我不记得你们的名字，但你们的付出，我永远不会忘记。

感恩我遇到的所有人，感恩所有善良的人。为了心底的那份善良，我要紧跟北大公益讲座。

22岁的生日祝福

张苳冉 / 北京193志愿者

滴水穿石，不是力量大，而是功夫深。

22岁的我，跟着父母听过无数场大大小小的讲座。我早已觉得，讲座嘛，无非就是和更多的人分享成功，会捕捉的人可以从里面得到自己想要的，而更多的人只是沉浸在鼓掌中，感叹命运罢了……

可是就在我出国前，妈妈接触了一次北京大学公益讲座，或许就是这么一场不经意的讲座，改变了我们全家。虽然我没有更多的时间，只听了两场，但是她的种子，已经在我心里深深埋下……

我亲身感受到，北大公益讲座不需要高额的入场费，不需要高深的学问，不分年龄也不分贵贱，让每一个人都可以明白也可以体会到生命的真谛……慢慢地，我的爷爷奶奶也渐渐走入这个讲座，爸爸的摄影技术也在这里得到了充分认可。

一家人的生活慢慢变得融洽，奶奶也一天天变得开朗，爷爷更是爱上了和学长们一起到处走，到处玩……身体棒棒哒确实没得说，笑脸也多了很多。爷爷奶奶在这个大家庭中似乎也成了"宝中宝"，成了这个公益讲座的一大风景线。

虽然我现在身处加拿大蒙特利尔，独自来到这个曾经陌生又向往的国家求学，已经有两年了。由于时差原因，看朋友圈的时间渐渐少了，爷爷有时还会给我转发充满正能量的讲座文章，梓林学长也会在百忙之中给我发爷爷奶奶参与公益讲座同行的照片，让我觉得距离虽然遥远，心却很近很近。看到爷爷奶奶脸上展露出温暖的笑容，我感觉阳光都是格外灿烂；爸爸妈妈也经常提起讲座，引以为傲……

今天，是我不在父母身边度过的第三个生日。我已经慢慢长大，渐渐挣开束缚，变得更加坚强，学会用自己的翅膀飞翔。

虽然我听北大公益讲座的次数不多，但她让我的生活潜移默化地发生着改变。在我 22 岁生日之际，祝愿我的爷爷奶奶、爸爸妈妈在北大公益讲座的带领下，无论身体还是心情，都越来越好，也祝福北大公益讲座对更多人有所帮助！（2015 年 11 月 22 日于加拿大）

别了，游戏

赵子沣 / 北京 380 志愿者

做就到了，别想那么多。

它伴随着我的成长，让我的青春期与很多人不同。

曾经我以有它而自豪，因为在我的圈子里我是一个高手。

记得 14 岁那年，有半年没有接触它，当时觉得周围的一切都充满了开心欢乐。可是久而久之，对生活的乏味，让我又一次接触了它，当时想“就一次没问题，一次而已”。结果一次一次又一次，最后生活只有它的存在，从此失去了很多东西。

这是一个恶性循环，久而久之越陷越深。

从最早的局域网“半条命”，到联网“奇迹”“传奇”；从 2D 回合制“梦幻西游”到竞技游戏“街头篮球”；从枪战游戏“穿越火线”到团队游戏“英雄联盟”，我的青春献给了网络游戏。

在游戏里，为了梦想而追逐，为了胜利而自豪；慢慢地对身边的人冷淡，完全只为自己，只为自己的另一个世界。

在游戏里，开心过，痛苦过；高兴过，悲伤过；奋斗过，失败过；精力从现实生活中被慢慢抽离，一点点、一丝丝地进入另一个世界。

在游戏里，有自己的世界，有另一个自己；慢慢地那个虚拟的自己，一天天长大，而周围的人，对现实的自己的希望，与年龄成了反比。

我爱游戏，这是我的过去，我的青春。

2015 年 9 月的海南公益行，让我下了决心，和过去的自己告别，跟着北大公益走去迎接更好的自己。我不再认为游戏可以填满我的人生，我终于做到了，放下了。以全新的面貌迎接自己的未来，去捡起后面那个更大的，只有这样，我才能在到达生命的终点时，证明我没有白白走过这一生。

我没有谈过恋爱，不知道这个是不是与恋爱一样，当它已经不属于你的时候，送它走，放下它就能走得更远。

那个我

——井冈山归来收获满满

赵子沣 / 北京 380 志愿者

2015 年 11 月 26～30 日，我跟随着自己的心，跟随着北大公益讲座上了井冈山。

我曾经参加北海、桂林、泰山三阶，井冈山是我参加的第四次三阶课程。而这一次，我的收获格外多，多得让我不知道从何写起。

这一次三阶的会场设备一流，是我个人参加的三阶课程中，会场条件最好的一次。所以，对于负责音响的我来说，轻松了许多。由于摄影组导演的缺席，我们三只“小鸭子”——谢辉、何小河学长和我被赶上了架，我们却在做的过程中，好好地享受了一次，充分自由地发挥了九〇后天马行空的特点。

如果说“北大公益讲座第 500 场暨深圳第 100 场”的分享是一个饕餮盛宴，那这次井冈山的分享就是一次精神的洗礼。也许是老天对红色革命圣地的眷顾，这次的精彩环节层出不穷：母子联袂朗诵，让学长们听得如痴如醉；学长们生命故事真实地述说，惊天动地，让我们一次次动容，唏嘘不已。

这次三阶最大的不同，是我感受到了自己的显著变化。也许是上天的刻意安排，我们组有两位很特别的组员。一位学长是夫妻离异，孩子很听话，很懂事，现在国外留学；还有一位学长，从小没见过母亲，自小与奶奶长大。走上社会后被骗到传销，出来后不敢再相信任何人，觉得接触的人都是有目的，把自己孤立起来，与周围的人越走越远，伤人不利己。

当时他分享的时候，我就笑了，笑得很欣然。他的经历与我何其相似，我小时候也是跟着姥姥，在舅舅姨姨家长大。到了社会不小心进了传销组织，出来后自我孤立。但是现在的我与之前截然不同，因为我相信，自己看一切都能笑得出来，人会变得越走越圆，会越来越好。

在他分享结束后，我也上台了。我说："学长，天下谁人不识君，知己啊！您的经历与我很是相似，我两岁父母离异，跟着姥姥长大，住在舅舅姨姨那里，五六年不见母亲，二十年不见父亲。

"我觉得这世界对于孩子来说，最最残忍的不是父母离异，也不是父母离你而去，而是亲不得见。您比我幸运，您至少每年能见见父亲。之前我与您的心态何其相似，现在我的状态与您有很大的不同。

"我相信人可以改变环境。但是当自己能力不够的时候，您想变得更好，那么您就需要一个比较好的环境，跟随着环境走下去。您也会越来越圆，越来越好。北大公益讲座就给我们创造了这么一个成长的环境。

"老实说，我在去年来的时候，没有您今天的状态好。但是，一年之后，我可以自信地说，我现在的状态比您好太多，因为我一直在跟随，我已经不再抱怨，而是接受，接受命运的一切安排，于是，那些过去的经历，已经不再困扰我了，发生一定是有原因的，所有的发生都是来成就我的。"

当天晚上，他来到602房，我们聊到深夜十一点。我真诚地对他说："您的问题是因为您的生命的不完整，对于您来说，不是需要找个像母亲一样的人，而是需要您将自己与母亲的链接接上。您不是没有母亲，而是您在刻意地回避她。”

没想到他真的听进去了，在我们离开了井冈山之后，他发微信语音给我：“多谢你为我点破心中的郁结，让我懂得怎么处理家庭关系，我一定会去实践的，给我时间啊！”这么多天来，我第一次听到他轻松的笑声。

当下我突然懂了，并证得了：帮助他人其实是成就自己。当你真心去帮助别人的时候，你一定会得到，而且自己的生命品质在帮助别人的过程中会得到升华。原来我也能如此，原来我也能做到，耶！这个案例应该是今年的第二个了，如果一个是偶然，那么两个还是么？所有的经历都是财富，我终于懂得了郭老师常说的这一句话。

很多人见到我，都很好奇：“你为什么要做一名全职的志愿者？”我始终不渝地回答：“为了一个更好的自己！”井冈山三阶让我有了一次更深的开悟。我了解，我是属于那种自我力量不够强大的人，但我清楚，长久的跟随、熏陶会让我越来越好，越来越好。接下来我要继续努力，为了一个更好的自己，努力！努力！

我的故事（五则）

张有兰 / 深圳 303 志愿者

遇到就是缘分，我愿意用余生去修行，
成就一个更好的自己！

美丽邂逅

2015 年 3 月 1 日，一个过完年、准备开学的周日。校长神秘地跟大家说：周日我们请来了一个讲师团，听说有不一样的精彩，这次还可以邀请你的家人或朋友过来听！

是周日，自然带着一种不太情愿，但一想到，还可以邀请家人或朋友，想想跟我们平时学习培训确实很不一样，带着这种神秘感，我早早来到会场。

通往会议室的楼梯口两旁有序地站着一群身穿蓝衣服、脸上挂满笑容、还给你鼓掌的人，说着“欢迎，欢迎……”就这样，一个不一样就开始了！

来到会场不知为何，我自觉地坐在第二排位置，要是平时，一般会找靠后的位置坐。一颗带着激动、好奇的心就被唐岚学长那委婉动听的声音带走了。梓林学长开始朗诵：此刻，你在吗？这是你的灵魂踏着音乐的旋律向你走来。而接下来唐岚学长深情诉说，当听到“你为什么有那么多的烦恼，并且与日俱增，那是你真正的要吗？那是你的父母所需要的吗？那是你的另一半所期待的吗？那是你的孩子所期盼的吗？生命是用来创造爱的，不是用来迷失的”，那一刻我知道我已经被融化。接下来听课中，我被他们感动，在这个物欲横流的社会里，还有这么一群人，不为别的，就为引领别人找到生活的智慧，提升生命的品质。我想，我要跟着他们，去找曾经的自己，不能忘记初衷，我需要北大公益讲座。我毫不犹豫加入了志愿者行列，因为一切是为自己。

在这之前，特别是今年初，我不知道是不是真有年岁之说，还是心理暗示，我总以为自己到更年期了，因而在家里向两个自己很爱的人说：“别惹我，我更年期了！”然后，他们就乖乖地躲在一边。儿子有时候甚至会找理由不回家，他回来就玩游戏，我会吼叫责骂他；而对老公，我也看不得他不愿意收拾，总嫌弃他，用老公的话来说：“不管我怎样做都不对，不对的总是我。”如此恶性循环，自己也很懊恼、后悔，但不知道怎么办？遇到北大公益讲座后，感觉像是抓住了救命稻草，所以，我一路跟随。

家庭会议

上北大公益讲座之前，家里很少开家庭会议，而桂林三阶回来后第一天，恰巧爱人也是外地学习回来，机缘巧合，我们就开了个家庭会议，主要议题是：孩子毕业后的从业问题。我上过三阶，决心要慢慢改变自己，把孩子还给他自己，所以我只是听，而老公跟孩子一致说考公务员，我内心虽然不愿意，但没有反对，会议在和谐融洽的气氛中结束。最后，老公说了句：“以后要经常开这样的会议。”

今天晚上，我们又正式召开家庭会议。昨天我跟儿子的行程已经确定，我上丫山参加讲师培训，儿子去江西做志愿者服务。这显然是先斩后奏，有点过分，表面上商量，实际上是通知。能这样大胆做决定，是受到晓敏学长家里变化的影响，也是反复听《生命的效能》《思想修炼》等录音受到的启发，一心想让生命在改变中提升效能，所以，我愿意下这个“赌注”。

我开门见山地说出我跟儿子的行程，只见老公脸色渐变，说：“你自己去就好了，干吗要把儿子带上，他的时间多宝贵，浪费时间又浪费钱。”我说：“这是个很好的课程，儿子也愿意去。”他又接着说：“老是说这个课程好，好在哪？”这时，我想起梓林学长在三阶讲的遇到小偷的智慧，接着说：“不好在哪？”（其实这时候火药味已经很浓。）这时我想看看自己究竟到哪了，我发现我已经不会吵架了，笑着对老公说：“这就是自以为是。”

儿子这时已经看不下去了，提高了嗓门大声说：“你们听我说，北大公益讲座，就是当你遇到问题时，不要去埋怨，而是找自己的原因，是往内修的。”老公接着生气地说：“你们说北大公益讲座，在这里开课，在那里开课，怎么不在我们局里开课？”儿子接着说：“那是迟早的事！因为这次就有给狱警开课。”儿子的这句话很有力量，虽然他只参加过两次深圳分享会。就这样不断碰撞，老公慢慢地开始接受了。老公最后说：“我就怕你们被人家洗脑，被骗还不知道，现在知道了。儿子学习回来以后，好好汇报，其实这样吵，思想有争执也很好的，起码知道彼此的想法。”

事后我想，为什么老公让我说北大公益讲座有什么好，而我就是不想多说，因为梓林学长都是多做少说，我又怎能去说，去灌输？而最重要的是，这个课程每个人听到的和感觉到的都不一样，所以，才会安排后期的分享会。

真是要感谢北大公益讲座，让我们一家人能够学习如何在一起，尽管有分歧，但分享过后，还能让心一直在一起，这种感觉的确很幸福，很美好。

花香果甜

金秋时节，收获的季节，中秋与国庆双临之际，北大公益讲座应上合小学五（1）班家委会邀请，来到学校为家长与部分老师带去《亲密与亲子》分享会。

梓林学长曾经说过，课程只是2%，而98%是后面的分享会和不断跟随。对于这一点，以前不理解，今天算是信服了。

北大公益讲座以“低调做小，默默前行”作为自己的方针。一群蓝精灵在甘愿付出，进而享受付出的过程中，五载光阴，风雨兼程，现在终于叶蔓院墙，满庭花香，果满枝头。

今天的分享会，不是通过学校发通知，而是由家委会发起，邀请北大公益讲座走进家委会，走进他们的“童心斋”，这是首次。为什么一个没有听过北大公益讲座的家委会，会如此信任？那是因为他们有一个有大爱的班主任、我们的志愿者——林宵飞老师。她的爱，她的做到，她用北大公益讲座理念去服务孩子与家长。只有家长信任，才会出现50多人的班级将近100人来听讲座。而更有意思的是，家长们表示：希望今后能多举办些这样的会，我们要多来学习。

有一个插曲，9月25日是周末，27日是中秋。曹冰学长在听到学校有分享会时，毫不犹豫地改签车票，决定参加完分享会后再回家。回到家后已是深夜，但她说：“和大家在一起很开心，很值得。”

唐岚学长与庞坤学长，就是我们深圳志愿者的榜样，一直以来，大家都是以深圳有这样的学长而感到幸福与骄傲。今天，他们的表现更是让我们大开眼界。

在分享环节中，唐岚学长综合家长们的问题，向庞坤学长提问：“你可以用钱去请很多好的老师来给孩子培养兴趣，但那些没有那么多时间与钱的家长应该怎么办？”

庞坤学长从容地回答道：“我们要完全接受孩子的现状，以自己最大的努力去陪伴，用最大的能力去造境，不要给孩子太多的苛求，尽心尽力就好。”

唐岚学长紧紧逼问，一个个都是家长们关心的问题，而庞坤学长更多的是现身说法，用真实事例来作回答，引来会上阵阵掌声。犹如一场辩论赛场，真正扩大了北大公益讲座的丰富内涵。

家长的收获，不言而喻，从他们的掌声中可以看出今天收获满满的家长真是不少。大家终于明白：为什么用牺牲的办法对待孩子的家长，心态会变得焦躁和过于强势；什么是牺牲，什么是付出，如何调整自己的心态；为什么要学会接受、感恩和感谢，提升自己，才能教育好孩子……

有一位家长分享道：“自己的孩子在班里并不优秀，今天参加这个分享会，我懂得，我应该如何让自己更好，而不是要求孩子应该这样应该那样，更不能一味地挑剔和指责孩子，自己成长了，孩子就成长，周围的人就会慢慢变好。”

相信是美

当我们都还沉浸在北大公益讲座“第 500 场暨深圳第 100 场”庆典活动的激动与喜悦中，当下的一个发生，让我既惭愧又激动，而更多的是感谢。

就在昨天晚上，从分享会回来的路上，儿子说：“妈，我今天晚上有个朋友从海南过来，凌晨一点半到深圳机场，我要去接他，并且要到家里来住。”我没有多想，就说：“好。”我相信儿子，所以没有细问。

今天闹钟五点半准时响起，我叫醒儿子，让他抓紧准备出发去机场。他的朋友也起来了。看他朋友还没睡醒的疲惫样子，我叫他再睡一会儿："我送谢辉去机场，再回来送你。"在我一再挽留下，那孩子回到屋里去睡了。

在电梯里我问儿子，这是你的同学么？儿子说："不是，是朋友，是9月份北大公益讲座海南之旅，在海南大学认识的朋友。"我"哦"了一声。儿子明白了。爸爸昨天值班，没回来。现在，我们把家交给了一个只有一面之交的朋友。在这样的社会里，这似乎是不可思议的事。他说："没关系了。"笑了笑。我也说："都听过北大公益讲座的人，没关系了。再说，我们也没有什么值钱的东西。"就这样，带着些许忐忑，我把儿子送到机场。

我回到家中，看见孩子的房门虚掩着，孩子还在熟睡中，真不忍心叫醒他。但我要赶着去上班，他要赶着去香港。所以，我还是叫醒了他。一路上，我们有个短暂的沟通，知道他是学园林设计的，这次去香港学习。只了解了这些，就到了地铁口。临别时，他站在路口，让我先走，一声亲切的"阿姨再见！"在我脑海里形成了一幅很美的画面。那是一张帅气阳光的男孩的笑脸，尽管我并不知道他名字。

送走男孩的上班路上，我为自己曾经的不信任而惭愧，但愿我曾真诚挽留他多睡一会儿，这一点能多少弥补我的过错。我还是会在现实面前迟疑。可喜的是，这个念头冒出来时，很快就被我擦掉，再想想人家，也是因为一份信任，才会把自己交给我们。

回到办公室，第500场活动中学长们的分享，在我脑海中重现。我突然意识到这件事的发生，以及儿子在公益讲座三个月来的变化，是"信"的力量！想到这，我向儿子要到了那个孩子的电话，给他发了信息，表示匆忙没有照顾好的歉意，欢迎他下次再来。结果孩子给我回短信说："阿姨，谢谢了，之前会觉得打扰到你们，但来了感觉很贴心，像麻麻一样。以后有机会还会来的，并欢迎你们来海南玩！”

这是多么懂事、善良的孩子啊。中午回到家里，看到这个孩子住过的屋子，在他走之前已经收拾得干干净净、整整齐齐。我心想，这不就是北大公益讲座提倡的“信、解、行、证”吗？

正如梓林老师在500场结束时提到：当我们不在的时候，北大公益讲座还在，这就是我们蓝色志愿者的梦想！

遇见自己

轻轻地，轻轻地，涓涓细流，鱼虫蝉鸣。只见一个纯真的女孩，奔跑在山间的小路，手里拽着一串色彩斑斓的气球，不时回头微笑……路边的小花、小草正汲取着大地的精华，一朵朵、一片片地迸发！

就这样，在如梦如幻中，渐渐地，渐渐地，花开得无比娇艳，草长得碧绿无瑕，女孩也变得羞涩如花。晨雾中，她遇见他的白马王子，他们在山间嬉戏，在雾中玩耍，周围的一切只是为他们欢呼雀跃。他们喃喃细语，相依相偎，携手并进婚姻的殿堂。

从此，女孩变成了女人，从前的梦幻不在，生活变得无所适从，变得世俗烦杂，步伐不再轻盈，对白变得无奈，心就像锁在一个阴暗的小屋，剪不断理还乱。然而，寻觅之间，一缕阳光射进，女人使尽所有力气，不断去触碰这缕阳光，渐渐地，女人储满了阳光给予的能量，展开翅膀，飞出阴暗小屋，去寻找她曾经的拥有。

一路寻找，她遇见两位妈妈，一位是母亲，一位是他的妈妈。这次遇见他的妈妈，确实让她感动。曾经，女人只是，给予物质的满足，表面的陪伴，没有倾听，更谈不上感同身受，始终以没有血缘关系，而只做到对得住就可以。而这次的遇见，让女人为之动容，留下泪水。

惭愧曾经的不觉，而只做表面；惭愧没用心陪伴，没用心倾听；惭愧只知道从他身上去获取，而忽略他后面那个伟大的她。当这刻醒悟，只流下感动的泪水。感谢这刻醒悟的到来，感谢醒悟之后还来得及。

当这刻来临，女人的心变得无比轻盈，脚步不再沉重，她的心再度飞扬，只是这次飞翔的羽毛变得更加丰满、有力！那是她带着一颗圆融与智慧的心、爱与善的情怀去拥抱当下的一切！

梦幻终究会醒，当从梦幻醒来之时，女人回眸一笑，遇见一个带着温存、满脸幸福的她向自己走来。她笑了……

这就是北大公益讲座泰山三阶之《音乐疗愈》给我带来的特殊的生命体验。与其说是疗愈，还不如说是一部美妙人生的音乐剧。那如诗如画的画面，将永远定格在我的脑海里，这就是北大公益讲座三阶的魅力，一个可以让人找到真实自己的体验。

“文以载道”之花

谢辉 / 深圳 155 志愿者

人生就是这样，选择什么你就会遇到什么，没有对错之分，只有承受与否。学会放下令自己不悦的事，学会放下自以为是。只要还有明天，今天永远都是起点。

2015 年 7 月 28 日，刚从火辣辣的泰山三阶回到北京，梓林学长就通知子沣和我，第二天随他参加“2015 第二届‘北大培文杯’全国青少年创意写作大赛决赛暨颁奖典礼”。

第二天，我们早早地来到北大，梓林学长先带我们去未名湖拍摄《志愿者之歌》视频的风光素材，并在校园里找到那块志愿者都十分熟悉的“光而不耀”石，它与理教楼门前的“诚”字巨石相比，的确太小，想来本该如此，这样才合字义。

7 月的北京，是闷热的，虽然前一天的大雨消减了几分热气，但今天中午的气温还是高达 32℃。北大门口，游客冒着烈日打着伞耐心地排着队等待进校参观……这让我感到非常自豪，因为作为北大公益讲座的志愿者，我们可以自由出入北大，且还有自己的办公室。

拍完片后，梓林学长请我们吃过午饭，就回到办公室休息。我们继续整理泰山三阶 11 期课程的档案。

写作大赛决赛暨颁奖典礼定于下午两点，在北大英杰交流中心举办。我们提前 15 分钟进入会场，只见一片“绿色的海洋”，参赛选手们穿着绿色 T 恤，凸显青春的活力。我们也因梓林学长作为颁奖嘉宾，而得到出席典礼的殊荣，走进现场，第一次感受这样的一次文学盛宴。

经主持人介绍：参加第一届决赛的选手，有 29 位通过了北京大学、清华大学、中国人民大学和复旦大学等高校的自主招生。“北大培文杯”已经成为一个独立的写作品牌。

颁奖典礼以大赛评委包明德朗诵《永远的校园》作为开场白。著名学者谢冕勉励获奖选手，要坚持文学梦想，在多媒体、碎片化时代坚持住阅读与写作。

梓林学长也受邀登上主席台，为获得最佳组织奖的各学校颁奖，其间主持人还特别感谢梓林学长在活动中做出的贡献。

我印象最深的是中山大学谢有顺教授说的一句话，他说，苏格拉底曾经说过，未经审视的生活，是不值得过的。我来延伸这句话，未经挖掘的灵魂，是不可能深刻的。所以，我们对作文的要求就是，要挖掘灵魂深处的真实。

在典礼上，选手们表演了《未名湖是个海洋》，这首被称为“北大地下校歌”的民谣唱道：“未名湖是个海洋 / 诗人都藏在水底 / 灵魂们都是一条鱼 / 也会从水面跃起……”

听着这首歌，我不禁想起北大公益讲座，想起我们的志愿者，在大家的心海中，不正是藏着一个诗人吗？每一次被内心的灵感点亮时，如同灵魂一次次从未名湖跃起，让自己都感到惊讶地写出美文和美诗。原来，北大的灵感已经植入志愿者的心田，这就难怪每一次活动后，志愿者写出的分享文章，是那么质朴感人，直击心灵。因为那些真实的文字，记录的是灵魂深处接收到的一次次洗礼。

繁星点点

七月流火，心灵驿动。愿北京大学的“文以载道”之花，在中国大地盛放。欣喜的是北大公益讲座已经把这种精神，转化为“以文修身”的道场，带给了越来越多无缘上北大，却愿意成为北大公益讲座志愿者的人们——我有幸是其中一员。

渐入佳境

兰星宇 / 北京 597 志愿者

古之成大事者，不惟有超世之才，亦必有坚韧不拔之志。

没上过北大公益讲座课程的人总会好奇地问：“听北大公益讲座是一种怎样的体验？”我的回答应是如此：“这个讲座风格相当独特，感觉很是奇妙。”

主讲人梓林学长（他让我们大家这么称呼他，学长是“共同学习，共同成长”）年近花甲，在台上时时流露真情，竟像是孩童。他讲趣事，能把听众乐得合不拢嘴，还以为他是相声演员；他谈起往事给出谆谆教诲，又着实流露出长者之风。

昨晚，我初次听北大公益讲座的第一阶课程《从生命到慧命》，触动不深。可能同龄人普遍有这个毛病：业已形成一套顽固的观念，它们如高墙一般，阻挡着他人的思想。我当时就想：“不是说‘非灌输’吗？要让新东西进入头脑，就要消除一部分原有的那一套，这个过程不是接受灌输是什么呢？”

然而，今天下午，在听到了第二阶《光明圆融善》之后，全新的理解来源于自己的觉醒，原有的一部分经验自然无声无息地融化掉了。

印象最深刻的是梓林学长对“生命的过程”的诠释。一开始是用四个字“信解行证”，接着简化为“信愿行”，然后两个字“看待”，最后是“受”。文字越精炼，而越有韵味。一个字“受”，就把我们全部的人生轨迹涵盖其中——从忍受到承受，从承受再到接受，最后通过接受，到达享受。

当下，我想跟着这个团队，将几阶课程中的内容熟稔于心；以单纯的心态，通过志愿服务，通过真诚奉献，用自己的做到去感染身边的有缘人，证明我们光明圆融善的价值观不仅有益，而且可行。

有一种幸福是被点名

吴峰 / 大余 116 志愿者

我愿像那晨光，温暖爱，灿烂善。

“吴峰，太阳从哪里升起的？”

“吴峰，你要坚持写。”

“吴峰，你的书名叫《无峰不山——生命是一次次攀登》。”

“吴峰，第七组副组长……”

每天的每一堂课都被梓林老师点名，你们知道吗？当一个人用心去向往追寻美好的时候，幸福就这样不经意地来了。——被点名很幸福！

小学五年级，我属于下游差生，因投机取巧，利用自己小聪明，抄袭高分同学的试卷而取得了全班第二、全年级第五名的“超好”成绩，被班主任点名了。

“吴峰，你出来教室门口。”我迈着沉重的脚步，忐忑不安地站在教室门口接受着应有的惩罚。“你抄袭谁的？”班主任边训边用力拧我耳朵，拧我的厚脸皮，这种“幸福”只有我自己可以感受到。

初一到初三，太“幸福”了，遇上了学校史上最厉害的“打人狂”班主任，一次一次地点名，除了挨打还是挨打，谢谢班主任，把我的抗击打能力修得炉火纯青。

终于顺利地分到高中一年级一班，各路差生，“群英”汇聚；上课论剑，下课动武，这时的点名有了“高大上”味道，校长点名：“吴峰、陈涛、奚如岚，毕业证发你们，现在开始你们各回各家，不用上学了。”“幸福”来得太突然，我们三人唱着《十七岁那年的雨季》手舞足蹈离开了校园。

17岁就出社会了，真有本事，真幸福，同班同学羡慕得巴不得都退学。我们开始和一些社会小混混在一起，风光得不得了，经常回学校耀武扬威。一些不良习惯开始形成，打架，赌博。

终于在一次聚众扎金花赌钱的时候，被警察抓现场，带到公安局。警察把我们每个人隔离在单独审讯室开始审讯，吴峰，老实回答！警察一点名，我非常恐惧不安，老老实实地回答了赌博过程，警察根据我的口述，笔录了下来对我说：“你要是骗人有你好受。”听完这句话我反而平静了，因为我没骗警察，说得是真话。过了一个小时警察回来：“吴峰，没骗人，就不拘留了，罚款三千走人吧！骗人的话罚六千元，还要拘留15天……”这次的被点名让我刻骨铭心。

在顿悟的一天，我开始对亲情特别珍惜，从帮妈妈洗碗筷、扫地，帮爸爸拿报纸这些小事做起，左一声“阿爸”，又一声“妈咪”，家里每一天都欢声笑语。我开始认真工作，尊敬领导，友爱同事，帮助别人……“吴峰，儿子你懂事了，真好。”这是爸妈点名了；“吴峰，这个小伙子，不错，勤干，会办事，特别尊敬人。”领导开始点我的名了；“吴峰，这个人真的看不出来，以前好赌，现在还在银行当司机，又开蛋糕店，还做公益一直在帮助人，不敢让人相信。”我的朋友到处在外面点名说我的故事，享受真诚付出，我很幸福。

2015年10月13日，因为丫山韩磊学长的推荐来到深圳，我有幸见证并体验了“北大公益讲座第500场暨深圳100场”的荣耀与骄傲。这是一种奇妙的发生，我是被上帝点名了吗？当我开始认真对待生活和工作的时候，好运接连不断，感谢生命的恩赐，北大公益讲座在最对的时间、最对的地方、在我最需要阳光力量做更好自己的时候，温暖降临。我知道，光明的生命旅程将从此扬帆起航。

2015 年 11 月 26 日，我奇遇般走进北大公益讲座井冈山的课堂，满怀期待地早早来到教室，梓林老师点名让我坐在第一排，顿时一股暖流涌遍我的全身。第一排在任何课堂上都是最好的位置，老师太抬爱了，怀着这样的备受关怀的心情，我开始认真地听课。

老师就是老师，一两句话就把学长们带进快乐学习的课程中。坐在得天独厚的第一排，我幸福地享受着。老师一会儿点我名问问题，一会儿又点我问问题，我每次回答完，总觉得回答得非常不好。忽然，我明白了，坐在第一排最大的好处是不断被点名，不断去领会去感悟。深深感恩老师的别有用心，谢谢您，梓林老师。

圆满上完一二阶课程，我又跟随走入三阶课堂。这是我初次参加三阶，梓林老师就让我当上组长，真是出乎意料之外的：我连自己都没搞定，怎么当这个组长呢？结果在做组长的过程中，我发现，这次被点名，原来是梓林老师让我学会承担，承担才是智慧，这是多大的祝福啊！

进入井冈山三阶结业分享时，我才如在美梦中惊醒，结束了吗？时间怎么可以这么快？突然间有了恋恋不舍的感觉，这是一种怎样的奇妙？让学长们在短短四天三晚居然难舍难分，结下真诚、纯洁、深厚的友情，在整整四天三晚每天九个小时以上的学习中，学长们是多么真诚、多么善良、多么纯洁，大家在一起温暖舒适，丝毫没有乏味困倦，以至于忘了时间的存在。

北大公益讲座通过她的做到，生产着幸福与快乐，让我因感悟不同生命旅程而多次流泪，让我发现相比之下，自己是多么幸福！

在这里，我遇到了这么多善良的人儿，真心谢谢各位学长对我的鼓励、支持、厚爱，我愿意在春暖花开、盛产幸福的北大公益讲座大家庭里不断学习、不断提高、不断完善、不断做到，寻找远方那个更好的自己。

每一次点名都有幸福的含义，都是上帝的邀请。当我来到北大公益讲座，又是被点名，这是梓林老师温暖的鼓励、信任的期许，让光明圆融善无时无刻不给我力量，在北大公益讲座收获最好的自己。

我愿意接受安排，享受美好发生。

做，才能找到更好的自己

付宝翠 / 深圳 307 志愿者

做，才能找到那个更好的自己。

在相当长的一段时间里，我都是一个有着相当优越感的人。高考文科状元，大学时系学生会主席、三公里竞走和三千米长跑双料冠军，毕业后以优异成绩考进深圳公务员队伍，能说会写，能唱会跳，网球、羽毛球、田径，拿过的奖牌无数，为保姆写过书，接受过记者采访，主演过微电影，曾被评选为“十大文明市民”，写文章无数，粉丝众多，被同事称为“十项全能”……更让人羡慕的是，我有一个幸福的家庭，先生待我，无比宽容，像兄长，又像父亲。我们有一个帅气的儿子，人见人爱。

我常想，上天实在是太过恩宠我了，让我拥有这么多别人无法企及的才华，还给我一个如此幸福温暖的家。

这样的我，无论走到哪里，几乎都能成为一个团队的“中心”，都能处在一个众人瞩目的位置，这样的优越感，在无形之中造就了我根深蒂固的自以为是，凡事都认为自己的意见错不了，都能高人一等，胜人一筹，而身边人的欣赏、赞同和附和，又助长了我的自以为是。这种自我感觉良好的状态，一直持续了好多年，直到有一天，我发现儿子厌恶上学了。

儿子从小长得机灵、帅气，人见人爱。可是，不知道从哪一天开始，他不爱学习了，每天晚上回到家，做作业几乎都成为我们家的一场“战争”。先生是个软心肠的人，看着快到睡觉时间了，孩子的作业没写完，就不让他写，直接怪学校作业布置得太多。我又是个凡事追求完美的人，主张对孩子从严。在其他任何事情上，先生都十分尊重我的意见，唯独在教育孩子上，我们的观点无法达成一致。很快，儿子察言观色，凡事都直接找爸爸，很少跟我沟通，久而久之，儿子跟我的链接，几乎断了。尽管如此，我和先生仍然各自坚持自己教育孩子的观点。

随着儿子的迅速长大，先生发现他也搞不定儿子了。儿子上初二后，厌学情绪已十分严重，每天都不完成老师布置的作业，尤其是他讨厌的数学。几乎每天，他都会告诉我们，数学卷子忘在教室了，第二天回到学校，又会跟老师说卷子忘在家里了。我们这才害怕起来。在朋友的介绍下，我们把儿子送到了一所离家几十里远的国学私塾，并且，我们自我安慰：也许我们的孩子不适合当前的应试教育，也许私塾更适合他。再说了，当前的教育体制本身就有很多缺陷，有很多现象，我们也并不认同。

私塾管理十分严格，儿子和我们不能通电话、不能见面，只能互通书信。儿子必须在完全达到老师认可的条件下，才能回家。然而，不知是老师的要求太严苛，还是儿子不够努力，儿子进私塾八个月，仍然未能回一次家，这让我有隐隐的不安。

今年 3 月，在朋友的介绍下，我接触到了北大公益讲座，这堂讲座我几乎是强忍着眼泪听完的，这在我过去几十年的人生经历中，是前所未有的事。虽然当时听的只是一二阶，而且课程很简单，但我感觉这个讲座的“水”很深，我产生了强烈的好奇。四月，我参加了桂林三阶，四天三晚的学习，已让我坚定地告诉自己：这是一个值得我们全家人跟随的课程。回到深圳后，我开始带先生参加每个月的深圳分享会，并经常在家里说起北大公益讲座，后来，婆婆、大姑、我父母先后都参加了分享会，他们对北大公益讲座给予了一致的好评。

在这期间，我看到不少志愿者是带着自己十多岁的孩子参与课程和分享会服务。他们父子或母女同修，共同学习、其乐融融的生命状态，让我羡慕不已。在我的内心里，也悄然萌生了这样一个念头：是否我的儿子来到这里，也会有所不同呢？我开始不断地向庞坤学长请教，希望得到帮助。庞坤学长十分真诚和热情，给了我很多建议和帮助。

7 月初，私塾的老师终于告诉我们，可以去看儿子了。当我们驱车一小时来到私塾，儿子看到我们的第一眼，万分惊喜地流下了眼泪，我们也忍不住流下了眼泪。儿子长高了许多，比原来有礼貌了，但瘦了，黑了。

回到家后，我和先生第一次高度一致地决定把儿子接回来。我的想法是：有北大公益讲座在，不怕儿子变不好。先生十分赞同我的观点。其时，泰山三阶 11 期开课在即，我毫不犹豫地给先生和儿子报了名。

泰山回来后，儿子仍然不想回学校上学，而眼看着暑假即将结束，新学期即将开始，我有些着急了，便给梓林学长打了电话。听完我的介绍，梓林学长说："孩子不是汽车，有问题了，不能像汽车一样丢到修理厂就不管了。你误他一时，他误你一世。如果你们愿意，可以尝试一下，陪伴孩子一起，跟随北大公益讲座半年时间。"

梓林学长的一席话，让我一下子意识到了问题的严重性，也意识到了自己身为母亲的失职，同时意识到自己该"补课"了。

当天晚上，我便征求儿子的意见，并告诉他："无论你是选择回学校读书，还是选择跟随北大公益讲座，妈妈都支持你，陪伴你。”两天后，儿子选择了北大公益讲座，我也毫不犹豫地选择了放弃待遇不错的工作。因为我知道，儿子的问题，就是我的问题，一切是自己，如果我不好起来，儿子不可能好。

9 月 13 日开始，我和儿子正式跟随北大公益讲座。第一站是海南，先后在呀诺达、育才抱龙森林公园、海南大学开课。然后回深圳参加 10 月 13 日举办的“第 500 场暨深圳第 100 场”庆典活动，我们一家三口同时担任庆典的服务人员。

10 月 14 日一早，又飞赴江西，先后在华东交通大学、江西财经大学、赣西戒毒所、赣西监狱、江西省戒毒局、江西省未成年犯管教所开课。10 月 23 日带着孩子回到北京，参加了 27 日清华附中的第 515 场课程，同时完成了我的第一次课程主持。11 月 3 日，参加了第 6 期《梦想者的天堂》。

一路走来，儿子的笑容越来越多、越来越灿烂了，认识他的志愿者，见到他都惊讶地问:“呀，这是小河吗？这孩子变化太大了！”儿子在跟随北大公益讲座的过程中，得到了越来越多的认可，这一个多月来，看着儿子一点一滴进步、一天一天成长，他爬上爬下挂横幅条幅，他整理几万字的音频，他拍的照片，他做的视频，他写的日记，他坐地铁时一直在身边保护我，他打热水给我泡脚，他认真洗碗，他开始和我讨论回学校上学的事，在我生病的时候，他不停地倒水给我喝、给我盖好被子……

最让我惊讶的是，在赣西监狱为近 400 名服刑人员举办的《自我与人生》专题分享会中，唐岚学长突然点名让儿子上台分享，儿子笑眯眯地走上台，正当我深为他捏一把汗、担心他语不成句让大家笑话时，他却一口气流畅地讲完了他跟随北大公益讲座的来龙去脉，赢得了全场热烈的掌声，把我惊呆了！坐在我旁边的梓林学长兴奋地对我说："你看，这孩子多优秀！"下台后，梓林学长第一个对我儿子竖起了大拇指，并跑过去紧紧地拥抱了他。

现在，我和儿子还有另外两名志愿者住在北京合租的房子里，每周一至周五，我们朝九晚五地在北大经济学院"上班"，做着与北大公益讲座相关的各种工作，充实而快乐。周末，我带着儿子游览北京各个名胜古迹，让他知道祖国山河的壮丽，也让他知道人的渺小和伟大，让他知道要珍惜这有限的生命。工作之余，儿子读书的兴趣越来越浓了。一天，他在看庞坤的《修行笔记》时，看着看着就抑制不住前仰后合地大笑起来，一边笑一边说："庞坤真是个人才！庞佳婕也是个人才！"他还一定要我听他读其中一段："爸爸，这一口，是补气的；这一口，是补血的；这一口，是帮助消化的；这一口，是长力气的；这一口，是给我面子；这一口，医生说必须吃，不然打针；这一口，吃了好得快；这一口，好贵的；这一口，是最后一口……"一边读，一边格格爽笑。一本书，一个上午就被他看完了，看得如此投入、如此愉快，这在他，还是第一次。更让我觉得不可思议的是，他竟然只用了两个小时就完成了一篇三千字的文章《一切为我而来》，而原来的他，写一篇日记都比鸡生蛋还要难。这一切，都让我无比庆幸自己选择了陪伴儿子跟随北大公益讲座，并且，我将一直坚定地跟随下去。

在跟随的过程中，我也慢慢觉察到了自己的变化，我不再把自己的观点强加给儿子，我开始更多地用欣赏的眼光看儿子、开始凡事跟儿子商量了。我明白了"父母是孩子的应身，孩子是父母的化身"，父母怎样做，孩子一定也会那样做。孩子怎样做，一定是因为父母已经那样做了。父母如果好不了，孩子一定也不会好。孩子如果不好，一定是因为父母已经不好了。我必须把儿子完完全全地还给他自己，决不能自以为是地希望儿子去实现自己的梦想，更不能要求儿子按照我的标准走他的人生道路。

回首这一段历程，我发现，人生的很多偶然，看似偶然，其实只是因缘。当你拨开层层迷雾，终于清晰地看见老天爷安排的每一个发生之间丝丝缕缕的因果关系时，你一定会恍然大悟，并且心悦诚服：啊，原来一切是自己！

只有意识到“原来一切是自己”，才能够深刻明白，每一个发生其实是老天爷在告诉我们，人生还有未做完的功课。做得不好，会让你反复重做；做好了，就不会发生了。

每一个生命，都希望自己圆满。但很多生命并不知道，圆满没有捷径可走。生命的圆满全在一个“做”字，从现在开始，从每一件小事开始，切切实实地“做”，坚持不懈地“做”，“积跬步以致千里，积细流以成江海”，终有一天，必能找到那个更好的自己。

不得不说的故事

何涛 / 深圳 133 志愿者

过去的已经过去，一切都会过去。

我是一个不爱写文章的人，属于典型的“闷骚”型。在参加“北大公益讲座第 500 场暨深圳 100 场”庆典时，当梓林老师当众让我们一家三口出一本书，而且书名也定好了：《翠谷河涛》（我们家三人各取一个字），我惊呆了，也慌了！

转眼，一个月过去了。前几天，妻子微信问我：“你没写文章吗？《我们共同走过》的第四本书是《繁星点点》，会收录一批关于 500 场的文章，你争取上一篇文章吧。”我说：“我不像你那样文思泉涌，需要沉淀，理顺思路，顺其自然吧。”话虽这么说，但我还是隐隐感觉到她似乎有点失落。北大公益讲座不是说“一做，就到”吗？我决定给自己一个试试的机会。于是，有了下面这些文字。

初次了解　云淡风轻

2015 年 3 月 7 日，妻子到深圳创维集团听了一天课。回来后，她眉飞色舞地跟我说起了一个叫“北大公益讲座”的课程，并说她从没像这次听课，整天下来一直都想哭。我听后感到很诧异。

2014 年 12 月，我在朋友的介绍下听了一次公益讲座，她还担心我陷入传销陷阱，怎么她也听起公益讲座了呢？可是，但凡她的决定，我一向都是支持的，何况这一次，看她的反应，好像很不一般似的。晚饭后，她继续一脸激动、滔滔不绝地向我们介绍课程内容，对梓林老师推崇不已，还拿出梓林老师赠送的书法作品，说她已经加入了志愿者队伍，买了志愿者服。

我看了看课程的题目《从生命到慧命》《光明圆融善》，感觉还不错，心想：不要一说到儿子的教育问题就对我吹鼻子瞪眼睛一副恨铁不成钢的样子，那就光明圆融善了。

儿子的教育问题，一直是横亘在我俩之间不可逾越的鸿沟，很多观点，我们无法统一。说来也怪，我一向支持她的观点和决定，但就是在儿子的教育上，我始终坚持自己的观点。四月份，她去桂林上了三阶课程，回来后又分享了更多的感受，但我听过也就过了，并没有放在心上。

听分享会　感觉不错

我真正接触北大公益讲座，是从深圳分享会开始的。四月底，妻子把我和我母亲、大姐带到了深圳分享会，分享会的主题是什么，我已不记得了，只记得母亲上台作了主题为《家和万事兴》的分享。其实我知道，母亲的内心并不像她分享时所说的那样云淡风轻，也不能做到放下名、放下利、放下自以为是，不只母亲，很多人都做不到。

分享会结束后，唐岚学长和庞坤学长一再邀请母亲多参加分享会。但可能是那天的分享会时间太长，一天下来，中午都没有地方休息，79 岁的母亲感觉有些累，又或者是她感觉没有多大的收获，之后就再也没有参加分享会。

当天的分享会，有千里迢迢从桂林赶来的母女俩，分享的问题也是夫妻为了女儿的教育问题各不相让，纠结得不行，一把鼻涕一把泪的，听着就心酸。一天下来，我感觉还不错，毕竟一百多人在这里待了一天，大家能够集思广益，找到解决问题的办法，也是很好的。

儿子加入　全家参与

我参加北大公益讲座的初衷，其实是想找到一个带好儿子的方法。七月，我们把儿子从国学私塾接了回来，结束了他长达 8 个月"囚徒式"的封闭求学生涯。事实证明，我们在儿子的教育上一而再再而三地出现问题。

正好在这时候，北大公益讲座即将在泰山举办第 11 期的三阶课程，而且是一二三阶连开。妻子第一时间帮我和儿子都报上了名，我也隐隐有个希望，希望听完三阶就能找到带好儿子的方法。

去泰山之前，碰巧上合小学有一个主题班会，妻子让我和儿子去当志愿者并听课，当时的我，其实不情愿，因为工作太忙，上班时间不好请假。但想想，为了儿子，还是去了。班会的主题是《学习的秘诀》，讲课的视频我听得非常认真，觉得很不错，希望儿子能从中悟出点什么。结果，我发现儿子经常中途溜号，根本没认真听。后来问他，他说很困，想出去醒醒神，把我气个半死。至此，我们全家总算全部都接触过北大公益讲座了。

不久，唐岚、庞坤学长又给上合小学的老师们开了一次分享会，坐在后面的我，发现很多老师一直在看手机，跟小河一样根本没听。我有些迷惑了，甚至对讲座产生了怀疑。

走进课程　触动萌芽

2015 年 7 月 18 日，我终于克服作为公务员面临的一切困难，我带着儿子踏上了飞往济南的飞机。

去济南之前，我从未见过梓林老师，只在妻子的微信上看过他的头像，第一感觉是他的气质很像鲁迅，有点距离感。7 月 19 日上午，梓林老师一行结束章丘的课程后赶到了济南，在酒店大堂，我见到了他，原来是如此平和、亲切。当天下午，我正式走进了北大公益讲座的一二阶课程。两天的课程，我认真地听、认真地记笔记，让我记忆最深刻的一句话是："人生没有如果，只有后果和结果。"这让我开始反思自己。

泰山三阶　开始接受

在三阶上，最初让我打开的是一首梓林老师作词的优美的歌曲《公益行》，我被如泣如诉飘荡在教室上空的涓涓真情打动了，这首曲子触动了我心底最柔软的部分。到预备讲师答疑的环节，我第一个举手提问，我说："我是带着寻求解决教育孩子问题的想法来到泰山的，儿子也跟我一起来到了这里。我自认为是一个好人，为儿子付出了很多，但……"说到这里我已泣不成声。有兰学长第一时间给我递来纸巾，儿子也赶紧跑上来拥抱我。

至民学长说："你对小河的付出是要求有回报的，所以你会觉得难受。"课后，我反复琢磨他的这句话，希望孩子听话，难道有错吗？想来想去也想不明白。临别泰山前，梓林老师语重心长地对我说："孩子已经有变化，不着急。"泰山之行，我已明显感受到了学长们的温暖。

眼看暑假要结束了，小河还是不想回去上学。并且，暑假期间让他在我朋友的花店打暑期工，他没干两天，就又"原形毕露"，不是上班偷偷玩手机，就是迟到、中途溜号。关键时候，妻子请教了梓林老师，没想到，梓林老师短短的一番通话，似乎给了妻子很大的触动，她毅然辞职，从 9 月 13 日出发海南，带着小河开始了跟随北大公益讲座、寻找幸福之路的旅程。

500 场庆典　震撼心灵

2015 年 10 月 13 日，北大公益讲座“第 500 场暨深圳 100 场”庆典在深圳富临酒店举办。在我的人生经历中，见过的各种庆典不少，但唯独这一次，足以震撼我的心灵，因为，这是一场可以触及人灵魂的思想盛宴和精神大餐。

10 月 12 日，庆典前一天，举办了一场高端分享会，主讲人为梓林老师、王毅老师和陈珂老师。王毅老师从《大学》讲到《中庸》，从阳明心学到各宗教流派，对现今社会缺乏良知的担忧，体现出他深深的忧国忧民情怀。陈柯老师描述了现代社会学生们浮躁的求学作风，讲到中央戏剧学院的新校规“不允许送新生的家长进宿舍”，因为往年每到新生入校时，随处可见家长们帮孩子铺床、挂帘子、搞卫生，而孩子却袖手旁观，甚至玩手机。

听到这里，我倍感惭愧！这么多年来，是我们剥夺了孩子的生存能力啊！回想自己 12 岁就独自到县城上初中，每学期回家一次；上大学时熬 37 个小时火车硬座，背着一个帆布包只身一人到武汉求学，一切自己搞定。可我们的孩子，从小就是保姆、父母、爷爷奶奶、外公外婆围着转，可是，这是孩子真正的要吗？

13 日的庆典，再次深深地震撼了我。各位资深学长分享着他们跟随北大公益讲座的心路历程，他们因“做到”给自己带来的改变、给家人带来的改变、给身边人带来的改变，感人至深。他们生命的品质正稳步提升，尤其是庞坤，曾经“一介武夫”的他，竟然出书了！再回想自己这 40 多年，真是惭愧啊！

庆典那两天，我们一家三口都是服务人员，儿子在摄影组，妻子在礼仪组，我在接送组，专门负责外地学长来深圳的接送工作。我们每天一起早出晚归，享受付出，我深切感受到了内心深处的喜悦。看着儿子忙碌的身影、灿烂的笑容，听着全国各地志愿者给予他的赞扬，我感到深深地欣慰，同时再次深感惭愧：儿子本来就很优秀啊，我们是从什么时候开始，忽略了他的优秀呢？

儿子转变　深情关注

也许是00后孩子的共性吧，儿子的朋友圈经常发一些在我看来很无厘头、很没有意义的东西，甚至还带有不少脏话、粗口，让做父亲的我既担忧又无语。但500场庆典过后，他发到朋友圈的内容，已悄然发生了变化。

10月14日：出去半年，好好修炼，再回来记得约我哟，朋友们。

10月18日：北大公益讲座的力量实在是太大了！附图为已被点燃的蜡烛。（这是他第一次在朋友圈里发关于北大公益讲座的内容。）

10月22日：赣西监狱的高墙与夕阳，真美。可惜里面的犯人，有的终将失去自由……

10月24日：蜘蛛人，这些人太伟大了，线没人没啊！（这是到达北京后的第一天早晨，见到工人吊着绳子在清洗高楼外墙。）

10月28日：给清华附中的孩子上课，布置完会场在学生食堂用餐，好怀念我的小伙伴们！（同时发评论：孩子们真可爱，虽然有点闹，但真是来修我们的啊！）

……

看着儿子朋友圈里的内容，我无限感慨：我们言传身教了十几年，却把孩子教成了我们不想看到、可能他自己也不想看到的样子。

跟随北大公益讲座才一个月，他却有了如此大的变化，这是他的福气，也是我们的福气啊！

但同时我也知道，“路漫漫其修远兮，吾将上下而求索”，我愿意一直深情地关注着他，并祝福他用自己的方式，走自己的人生路。

全家共修　润物无声

10 月 31 日，深圳举办第 4 期《梦想者的天堂》。29 日晚上，我刚回到家，母亲就对我说：“我和你爸要参加 31 号的《梦想者的天堂》，你帮我们报名。”我感到非常诧异，但也非常高兴。

31 日是星期六，一大早我回单位加班，十点钟时准备回家做饭。谁知，还没到家就接到母亲的电话，说准备吃饭了。原来，父母早已把饭做好，为的是提前吃饭、提前午休，好参加下午的《梦想者的天堂》。是啊，原来可以这样的，以前不去听分享会，是担心不能午休，担心太累。而当发现这是强烈的“内需”时，一切外在的困难其实都是可以克服的。

吃饭时，母亲反复对我说：“我自己太自以为是了，总认为自己是对的，结果最近这段时间总是休息不好。大孙子从国外读书回来，居然要去开奶茶店；小孙子又不想去上学，我真的想不通，在朋友面前我都不敢说。宝翠也一直跟我讲儿孙自有儿孙福，可我就是想不通。我现在明白了，我要放下自以为是。”

下午开课前，我介绍父亲跟庞坤学长和唐岚学长认识，告诉庞坤学长我父亲已经看完了他的《修行笔记》，收获很多。庞坤学长让他上台分享，可他的普通话实在很差，于是有了首次粤语分享，唐岚学长担任翻译。父亲分享的主题是“亲子关系”，他坦言自己思想太传统，所以对孩子过于严苛，虽然孩子都很争气，但看完《修行笔记》后，他发现对孩子的态度应该有所改变。对孙子的教育也一样，总认为自己是对的，结果爷孙多次发生碰撞。父亲当着一百多位志愿者，承诺重新“学做人”，并当场向子孙道歉。在场的听众大多数都不懂粤语，但好多人听后流下了感动的泪水。81 岁的老人都愿意改变自己，我们还有什么理由不去改变呢?

如今，我们全家都参加了北大公益讲座的课程，家人同修，愉悦无比。我们愿意坚定跟随，不断修炼自己，提升生命的品质，在面临生命终点的那场“高拷”中，争取拿到圆满的 100 分。

爷孙心灵对话

书信／何国生、何小河　整理／付宝翠

利己，烦，若只为己终痛苦；利他，乐，惟有无我始自由。

2015年11月6日，北京的冬天似乎还没有正式开始，就下了第一场雪。

晚上十点多，因为怕冷，我偎坐在被窝里看书。这时，响起了敲门声。隔着门，我听出来是顺丰速递。儿子赶紧开了门，拿进来一个薄薄的大信封，竟然是爷爷写给他的信。爷爷给孙子写信？这在我们家，是不可思议的事情，就像今天这场雪一样突兀。

我和儿子迫不及待展开了信，爷爷在信中这样写道：

小河：

可好？甚念。

今日读了庞坤学长的《修行笔记——诚意正心修身齐家》，感悟殊深，觉得虽为八旬老翁，还需认真学做人。10月31日到福田农科培训中心参加北大公益讲座第04期《梦想者的天堂》的分享会，我在会上讲了“学做人”的“人际关系”中的一个小题“长幼关系”。

可否记得，我们曾两次在餐桌中相撞，我发火大声斥责你。现在仔细回想，是爷爷错了：

1. 爷爷总是自以为是，认为自己正确，你要照我的要求，要这样这样做，不要那样那样做。爷爷的尊严是挑战不得的。

2. 我没有以平等的身份对待你，认为长者斥责幼者是应该的。

3. 尊老爱幼是传统美德。但在长者方面要永远把“爱幼”放在首位。初升的太阳总比夕阳美。要尊重幼者的人格，不能挫伤幼者的自尊心。

4. 长幼的互动要以平等的方法。讨论的方法，相互学习互相进步。这点我完全没有做到。

总之，我的错误很多，我要认真学做人，正确处理人际关系，正确处理爷孙关系，使家庭和谐，儿孙长进。

在众多志愿者的见证下，我向孙子深深道歉。

小河，本来想给你打电话，又考虑到我听力太差，听不清楚，所以给你写这封信，以表深深的歉意，请你原谅。

再及，我觉得北大公益讲座是宽广的大道，可以沿着这条正确的人生轨道，豪情奔跑；是辽阔的天空，更自由飞翔，飞得更远更高；是一座修炼洪炉，把自己修炼成更高尚的人。愿你随着妈妈，在北大公益讲座的大课堂里，向众学长学习，取得更大进步。

祝你健康成长！

爷爷书

11 月 2 日

（当我写完这封信的时候，我流下了深深的歉泪。）

看完信，我流下了眼泪。儿子见我流泪，说道：“我也想哭，但我忍住了没让眼泪流下来。”

公公今年 81 岁了。2015 年 3 月，我接触北大公讲座后，把先生、婆婆、大姑陆续带进了深圳分享会，公公也一直想参加，但因为耳背，担心听不见，却又拒绝助听器，便一直没有走进分享会。

10 月 13 日，北大公益讲座“第 500 场暨深圳 100 场”庆典在深圳富临酒店举办，我和先生、儿子都担任工作人员，而在此之前，儿子因为厌学，我做出了陪他一起跟随北大公益讲座半年的决定，并且，于 9 月 13 日开始了正式跟随，参加了海南 11 天的课程。课程结束后，我和儿子回了一趟湖北，看望生病的母亲，于 10 月 9 日回到深圳，准备全力为 500 场做好服务。

在家停留的短短几天内，公公找机会与我做了一次深入沟通。他担心我带着儿子跟随北大公益讲座还是会耽误儿子的学业，因为在他看来，我们跟随讲座，没有做任何对儿子的学习有帮助的事。我耐心、努力地告诉他，我这么做，其实是“曲线救国”，我相信经过一段时间的跟进，儿子会主动要求回来上学的。

500 场结束后，第二天一大早，我和儿子便跟随北大公益讲座飞赴江西，开始了新的课程。10 月 23 日，江西课程结束后，我们终于回到北京，在北大经济学院开始“朝九晚五”的生活。我没想到的是，也许公公并不放心我和儿子，10 月 31 日，深圳举办第 4 期《梦想者的天堂》，他竟然去参加了。更没想到的是，一次《梦想者的天堂》竟然彻底改变了公公。从深圳慧至堂微信群里学长们发来的图片上，我看到公公上台分享了。而从学长们的“现场直播”里，我知道公公竟然当着一百多名学长，给儿孙们道歉了！

公公 19 岁便担任小学校长，40 年的教书生涯，育人无数，桃李满天下。公公婆婆都是教师，但由于“文革”时被关过牛棚，公公的性格有些愤世嫉俗。他喜欢看报纸，几乎天下事皆知，但经常看着看着就义愤填膺地骂这个贪官罪有应得、那个贪官活该。

公公在家排行老大，他和婆婆恩爱一辈子，也操劳了一辈子。

公公有五个弟弟妹妹，还有四个儿女，全靠他和婆婆一手抚养，也因此，公公在家里的权威地位是毋庸置疑的，四个儿女都十分孝顺，对父母十分顺从，从没有拂父母意的时候。

这样的公公，竟然会当着一百多名志愿者向儿孙们道歉，更没想到他会写信给孙子道歉！

一向讨厌作文、连写日记都像挤牙膏的儿子，看完信后，不知是哪些话语触动了他，第二天便写了回信，而且只用了半个小时，一气呵成，让我惊讶。儿子在信中写道：

亲爱的爷爷：

您好！

您的来信我已看过，我是跟妈妈一起看的，我还没哭呢，她就先哭了，我非常感动。

从您搬过来开始，我已经有不听话了，跟您顶嘴的次数还不少，经常惹您和奶奶生气。老豆经常为这些事情骂我，我又跟老豆吵架，搞得全家都在生气，我真的很对不住您。

辍学后去花店打工，经常早上不吃早餐，你们锻炼完后回来看到早餐还在厨房，还要担心我会不会饿肚子，但我还是不听，依旧隔三岔五地不吃早餐。

有天下午我躲在阳台抽烟，那时您突然下来了，我忙把烟藏到身后，但还是被您看到了，您当时跟我说，“学会抽烟啦，不要抽太多，少抽一点”，您当时虽然就简单两句话，但是我知道，您其实很心痛的。

我还记得上小学的时候，有一次下午放学，下着很大的雨，我记得当时全校的学生们都走光了，就只有我们班的几个同学在班上玩，突然有个同学跑进来对我说，“何小河，快点回去，你爷爷在外面等你”，我当时背上书包就走了。

到了大堂，我看见一位白头老人，撑着把小伞站在倾盆大雨里。当时我还小，不懂事，不知道什么叫“尊老”，还笑呵呵地跑向校门口。当时您接到我后，我不但没说“对不起，我来晚了”之类的话，当时您打了我屁股，我还有点生气，居然还说“你干吗打我”。我不但没有体谅您，反倒还顶起嘴来了。现在想想，当初我有什么资格顶嘴啊，真是犯上啊，当初真是该打，让您在雨中站那么久。

我亲爱的爷爷，我在这里深深地向您道歉，以前我太不听话，让您受了这么多的气，Sorry 了！

祝身体健康！寿比南山！天天开心！

爱您的孙

写于 2015 年 11 月 7 日晚

看完儿子的信，我呆了片刻。我万没想到，北大公益讲座可以让一个 81 岁、已进入垂暮之年的老人发生如此大的转变，而他的转变，又直接影响了孩子和孙子。

第二天，梓林老师将爷孙俩的信，命名为《爷孙心灵对话》编进了他的个人相册，发到北大公益讲座公众平台。《爷孙心灵对话》发布到全球几十个慧至堂后，学长们反响热烈：

北京 248 志愿者鲁瑞清学长在多个微信群里评论：“智慧的爷爷，慈悲的孙子。读后，令人潸然泪下。最高兴的莫过于宝翠学长和大何学长呀！我们期待着，将来出现更多的惊喜！为你们高兴！”

北京 073 志愿者郭翠萍学长评论：“小河真棒，越来越懂事了！”

华东交大 118 志愿者徐莉燕学长评论：“为你点赞！为小河点赞！”

桂林 293 志愿者王军华学长评论：“宝翠学长太幸福了，我看了几遍，真的非常感动，感谢北大公益讲座，让我们学会反省自己，站在对方的立场看问题。做到才有力量，真实才会让人感动，感谢宝翠学长的分享！”

赣州 016 志愿者刘念学长评论：“小河真棒！越来越棒！”

北京志愿者杨玲学长评论：“被祖孙二人真挚的情感打动，也为宝翠学长这颗大德母爱之心感动！祝福全家幸福永远！”

深圳 138 志愿者梁文宇学长评论：“何小河好运气，十几岁就可以参加北大公益讲座。”

深圳志愿者张帆学长评论：“看了很感动，小河长大了！”

深圳 303 志愿者张有兰学长评论：“北大公益讲座就是一个这样神奇的地方，让 81 岁的爷爷改变，让 14 岁的孙子知错能改。太感人了，恭喜小河！恭喜宝翠学长！”

赣州志愿者吴至民学长在多个微信群里评论：“太棒了！感谢老师，感谢唐岚，感谢坤兄，感谢老人家念念自省，感谢小河惊人的变化。北大公益讲座时时皆有惊喜，让我们不断地收获。阅此文章，泪流满面，老人家的爱与质朴，小河的改变，让人感动！这是整个社会的希望啊！像小河这样的孩子不少，我们在看着小河的成长与改变。我相信，在爱的环境里，小河的成长，可以成为北大公益讲座的一个注脚，让更多的人跟随着她的脚步，不断成长，成为当下中国之希望！”

深圳 012 志愿者庞坤在梓林老师的个人相册上留言：“我看到爷孙对话的背后：1. 北大公益讲座平台可以改变志愿者，开悟志愿者坚定跟随；2. 志愿者的好样子可以改变志愿者，志愿者乐意抱团取暖；3. 改变向好了的志愿者可以影响周围环境：做对人有帮助的事，意义深远；4. 周围环境可以改变志愿者的改变，立志继续努力稳定状态，继而更好；5. 所有的志愿者创造一个好环境，让每一个人在环境中可以去找到那个更好的自己，是真实不虚的。”

大连 001 志愿者张迪单独在微信上给我发来语音：“宝翠学长，刚刚看完《爷孙心灵对话》，我很受感动！爷爷做得太棒了！真的可以说是拿出了长者的姿态，放下了长者的尊严，做出了表率，小河的心也是非常诚恳、非常真诚，这一个非常非常精彩的对话，真棒！信中我更是看到了小河的进步，看到了小河可喜的变化。我也特别开心，祝你们母子俩天天快乐，不断走上人生新的阶段，加油加油！”

章丘 009 志愿者黄红燕还专门加了我的微信，称赞儿子的文章写得很棒，并向我请教如何教育孩子，说要向我学习。

……

满满的祝福，满满的爱，满满的期待。除了感谢，我不知道如何更好地回应学长们的评论，但我不会忘记这一刻，在寒冬的北京，始终有暖流在心间涌动。这股暖流，还将源源不断地流进我生命的最深处，让我更加深刻地懂得感恩，感恩生命中遇到的一切人和事，感恩一切发生。

而从爷爷和小河的转变上，我发现，思想的力量，一旦被挖掘出来，将产生不可估量的作用。一切皆在区区一念之间，当我们放下自以为是，放下“我执”，开始尝试改变自己，并真正做到的时候，身边的一切也不知不觉跟着变好了。

一切为我而来

何小河 / 深圳 117 志愿者

用我的做到，证明我全部的说是真实不虚！

2014 年国庆节过后，我彻底不想读书了。那时我 13 岁，正上初二。不想读书的主要原因，是我成绩不好，又早恋了，并且被她妈妈发现了，她妈妈到学校去找班主任，逼她跟我分手。后来，她去了美国，我也觉得读书没什么意思了。

爸爸妈妈没办法，把我送到了一所国学私塾。从此，我开始了与世隔绝的生活。

在私塾，我们每天要学习的内容有武术、书法、国学经典，还有英语、数学等文化课。我感觉自己好的啥也没学，反倒抽起烟、喝起酒来了（表示不爱喝酒，爱抽烟）。不过，我最喜欢的是每天出去运动，在那里，我竟然锻炼出了四块腹肌，个子也噌噌噌地长高了好多。让我感到痛苦的是，我们不允许有手机，不能给家长打电话，只能写信，写的信还必须由老师去快递。刚开始，我很不习惯，经常晚上哭，想爸妈，想回家。但老师说，完不成任务就不能回家，结果，我一待就是八个月，没有见着爸爸妈妈。

2015 年七月初，老师同意我爸妈来私塾看我，结果，我爷爷奶奶、姑妈、外公外婆、姨丈姨妈都来了。我逮着这个机会，求爸妈带我出去玩了一天。晚上，我爸送我回私塾的路上，我一路哭，求我爸救我出来。

一个星期后，我爸真的把我救出来了。紧接着，我妈为我爸和我报名了 7 月 18—25 日的北大公益讲座泰山三阶课程。对于刚从深山里逃出来的我，这个课程并没有什么吸引力，所以那几天真的是煎熬啊，每次课程进行到一半的时候，我就坐不住了，跑到外面去玩手机，结果每次都被我爸撵进去。

好不容易熬到课程结束，我死皮赖脸地跟我爸说我要跟谢辉他们一起继续游玩几天，我爸实在是经不起我的死缠烂打，终于答应了。他自己先回了深圳。

我们游玩了孔府、孔庙这两个景点，后来去了青岛，入住一家快捷酒店（在这儿我不得不说明一下，在外面这几天住的酒店全都没有 WIFI，真的差点没把我气死，蹭网都要跑到一楼去）。我们游玩了附近步行街，还游了“八大关”，那里的风景可真是美啊，就是海水已经长满了青苔，水里的垃圾也特别多，真是为国家卫生局感到着急。

回到深圳之后，我爸来机场接我们。把谢晖他们送回家后，我爸就在路上问我：“怎么样？在外面好不好玩？”（当然，我知道他是想慢慢地跟我扯，扯到学习，于是我索性没理他），我草草地回答了他。到家后已是凌晨一点多，我妈居然还没睡，说是等我回来，又跟我说了好半天的话才去睡觉。

从泰山回来后，我开始在我爸朋友的花店打暑期工，每天负责给花换水、剪叶之类的活儿，闲的时候也会看店员们包花。在所有员工中，花包得最美的是老板娘（她老公是我爸的朋友，然而我跟她关系比较好）。我得承认，老板娘对我很不错，但当她发现我经常偷偷躲到一边玩手机、偷懒不干活儿、员工们对我意见很大时，她也会说我，搞得我后来也没兴趣在花店干了。

过了好些天，“悲剧”终于发生了，我爸妈果然把我拉进了学习的话题中，要跟我谈上学的事，我没办法，只好乖乖地坐在那儿听。不过，他们没有像以前那样骂我，我妈给了我两个选择，一是乖乖回去读书，二是跟随北大公益讲座半年，让我在两天之内告诉她。我想了又想，想了又想，刷牙时想，吃饭时想，抽烟时想，洗澡时也想……后来，我告诉我妈，我选择跟随北大公益讲座半年，她说“好”。但让我恐惧的事情，还在后面。

9 月 13 号，我们即将出发去海南，那是我们跟随北大公益讲座的第一站。出发前，我妈跟我说去海南之后就要把烟戒掉，这真是晴天霹雳啊！她居然让我戒烟！后来我想：算了吧，戒就戒！不然，到时候北大公益讲座不让我跟了，那我就得回学校！

于是，在出发前的那几天，我像个疯子似的变本加厉地抽烟，黄鹤楼、芙蓉王、万宝路、双喜、中华……我都抽过了，甚至连雪茄我也抽过，有时一天抽半包烟。因为去海南之后，就没得抽了。

临走前一个晚上，我没想到自己像个小屁孩儿似的，对着我爸哭了好久（我也是对自己无语了）。

海南第一站是呀诺达，一个旅游胜地，那里的风景非常美。我们在呀诺达开了《慧命之旅》，我负责拍照。课间时，我师父——济南 001 学长刘建新带我到外面拍雨景，他是一名非常合格的师傅（对我来说），但我的摄影技术还不是很棒，我需要慢慢练。我在呀诺达拍了很多很美的照片，那不是因为我的技术好，是因为那边实在是太美了。告别呀诺达时，我还依依不舍的。

后来，我们去了海南的一所大学。郭老师在上面讲课时，我看到下面很多学生在玩手机，我妈都看不下去了，课程结束，她在分享时说：“我真是为这群孩子感到悲哀！”郭老师也说：“连我们 14 岁的志愿者都可以做到上课不玩手机，他们都大学生了还控制不住。”但是后面我自我反省了，其实我有看手机的……

海南课程结束后，我妈带我回了一趟湖北，看望我生病的外婆。10 月 9 日，我们又回到深圳，参加 10 月 13 日的“第 500 场暨深圳 100 场”庆典活动，我爸妈和我都是工作人员，我爸负责到机场、火车站接外地学长，我妈负责统计外地学长的名单、更新信息，我还是负责拍照。整个 500 场，大家都特别高兴。我也认识了陈珂老师，他讲话特别逗，虽然我们的年纪相差几十岁，可我真心地喜欢这位老师。

五百场结束后，第二天一大早，我们就去了江西。我们在华东交通大学开了一二阶的课程，在那里，我见到了我的师姐——泰山三阶时认识的李娟学长。她是一个成绩超好的师姐，那几天，我们有空就会一起聊天，她也特别喜欢北大公益讲座，可以说只要有空，她都会一直跟着，我真的打心底佩服她。

华东交大开完课后，我们接着到了江西财大，给后勤干部们开《慧命之旅》，还附加了一场《梦想者的天堂》。分享的时候，听他们说，有些干部刚开始是不想听的，但听到后面感觉越听越有意思。最后一节课的时候，郭老师叫人上台分享，结果很多人都举起了手，我在一旁看得很开心（主要是他们举手了我就有得拍照了）。

江西财大的课程完成之后，我们来到了赣西戒毒所，给 1400 名戒毒学员开课。这是我第一次这么近距离接触这些人，心里还是有点惊慌，怕他们突然发病打人。戒毒学员分两种，一种是经过了一段时间的治疗，已经没那么严重了；还有一种是刚进去的，需要强制戒毒。强戒的人员都穿着红色的上衣，进入会场时有的还戴着手铐。开课前，戒毒所刘所长带我们参观了强戒室，我印象最深的是老虎凳，全部是不锈钢设备，看上去很坚固。据说强戒人员毒瘾发作时，就让他们坐在老虎凳上。听刘所长说，现在很多青少年喜欢去网吧上网，上网久了就容易犯困，这时就会有人给你一支烟或是一瓶饮料，那些烟和饮料里面可能就有毒品，不知不觉你就吸上毒了。他还说，一旦吸上毒，几乎一辈子都毁了，一个家庭也毁了。他们所里，只有 27% 的人能够真的戒毒成功，不再复吸。听完他的话，我真是一阵后怕，想当初我去网吧的时候，我也是抽烟的，还好我只去过两次，并且每次都带着烟，不然写这篇文章的人可能就不是我了。

10 月 21 日下午，我们为戒毒学员开完课后，紧接着就去了赣西监狱，准备在晚上为监狱里近 400 名服刑人员开《自我与人生》分享会。这是我第一次“进监狱”，看着一望无际的监区、高高的围墙和带电的铁网，我可以想象得到那些犯人们是多么痛苦，失去自由的感觉可真不好。监狱的应主任跟我聊天时，我说：“我发誓，就算不好好读好书，我也不会去犯罪。”那天晚上，唐岚学长突然点名让我上台分享，把我吓了一跳，我简单地讲了自己跟随北大公益讲座的经过，话音刚落，就赢得了大家热烈的掌声。下台后，郭老师给我竖起了大拇指，还狠狠地拥抱了我。

10 月 23 日，江西的课程全部结束后，我跟着我妈回到了北京，我们和谢辉、赵子沣合租一套房子住。现在的我跟以前不一样了，我现在在北京大学“工作”，虽说是工作，其实应该说是自愿的、无私的付出，我们四个人每天朝九晚五在北大经济学院“上班”，做很多与北大公益讲座相关的工作：整理音频、制作视频、给郭老师写的书法盖章……我现在真的把烟戒掉了，从 9 月 13 日去海南到现在，我严格遵守对郭老师的承诺，再也没碰过烟了。并且，以前的我，只要我爸妈跟我提到学习，我扭头就走。现在我居然有点想回去上学，我妈都惊呆了。

我发现自己一天一天在变化、在进步，我感觉，这一切都是为我而来的。（2015 年 11 月 10 日星期二写于北大经济学院）

编辑絮语

唐 岚

我从小酷爱文字，也喜欢写，但总觉着自己出书是一件遥不可及的事儿。可没想到，这三年多来，当我每天用超过90%的时间来做北京大学公益讲座时，儿时的梦却在这里圆了。

2015年10月，当代中国出版社出版了我的处女作《春潮如歌——走在回归慧命的路上》。这是我在跟随公益讲座出行服务的过程中，记录志愿者生活点滴留下的纪实随笔。

手捧这本装帧精美、印有自己名字的书，那种喜悦和满足无法用言语来表达，就好像有人曾经告诉过我："看到自己出版的第一本书，如同看到自己刚出生的孩子一样，爱不释手，去到哪里都想带着，眼里不能没有她！"现在，我似乎也有这样的感觉。

请出版社将书籍邮递了一箱给父母，在10月末的好友聚会上，他们分别送给了七个家庭。第二天清晨七点来钟，父亲的老战友——从小看着我长大的一位叔叔迫不及待地打来电话："昨晚我一回到家，就开始读《春潮如歌》。岚岚太棒了，老唐，你的文章我读得多了，我只能说青出于蓝而胜于蓝啊！我会认真读完这本书的！"

听着 70 多岁的父亲在电话的另一端，兴奋地讲述，我当下的心情是平静而感谢的。我能体会得到父母为女儿的作为感到骄傲，我更加从心底里感谢父母纵容我的任性，让我心无旁骛地自由追求；感谢梓林学长给予的无限鼓励，为大家创造了这样一种宽松的写作环境；感谢所有志愿者的相伴扶持，一路前行；当然，我也深深感谢自己，愿意在这条路上无怨无悔地做……

北大公益讲座五项原则之一：不做广告，不接受媒体采访，不接受捐款。这一点，让从事多年新闻工作的父亲费解："你们这样如何推广讲座呢？"我告诉他："这么多年来，所有的课程都是志愿者口口相传，自己体验过了，有感受，才介绍给身边的有缘人。"

事实上，讲座已走过近 550 场，我们没有做过任何的文字推广资料和视频。以前，了解讲座的唯一窗口是梓林学长《思想统治企业》的搜狐和新浪博客，从中可以追溯到最早一期的课程；后来，有了微信之后，我们开设了公共平台，每天发布一篇讲座相关的消息和分享文章；而如今了解讲座最便捷的途径，是梓林学长的微信个人相册，这里成了北大公益讲座的新闻发布站，每日更新，时时播报讲座的最新动态。

大批的志愿者也会转发梓林学长相册的分享内容，让家人和朋友了解自己关注的方向，同时也是在传播讲座。很多学长会说，当时我就是看到朋友圈的转发分享，才希望进一步跟进的。

关于思想，想是气体，说是液体，留下文字才是固体。北大公益讲座提倡"文以载道，美文传道，以文修身"的"三文主义"，是希望志愿者能享受诗情画意的生活。而这样的生活，其实并不远，坐下来，拿起笔，开始写，就有了。

出版过29部著作的梓林学长常说："当人'为用而学'时，很快就能学会；为发表而写，就越写越想写。"他非常了解大家的需要，于是开放了自己的个人相册和博客空间，只要志愿者愿意静下心来写出自己内心真实的感受，形成文字，很快就可以在这两处公开发表。

其实，在这个看似虚拟的空间内，有将近8000多位海内外的北大公益讲座志愿者在关注，还有无数志愿者的朋友和家属在关注。所以，每次分享文章发表后，梓林学长相册后的跟帖评点和各个慧至堂的热烈回应，对作者都是莫大的鼓舞，形成一种良性的正面循环，更加激发了作者的创作欲望。越来越多的志愿者以自己的作品公开发表为荣，而每天的相册和平台内容，也成为志愿者之间深度交流的重要话题。

微信畅行的这两年中，我们累积了大批志愿者的优质分享文章，这些也成为策划出版《我们共同走过》系列丛书之四《繁星点点——拥抱更好的自己》的初衷缘起——把众多志愿者的作品变成铅字固化，结集出版，留下来，送出去，作为2016年的新春贺礼，这将是一份满载笃实祝福的礼物——圆满一群蓝衣志愿者的梦。

我在收集整理书稿期间，发现很多志愿者都曾经有过"作家梦""诗人梦"，由于种种原因，渐渐淡忘甚至放弃了自己的梦想。而今当他们重新拾笔，将自己的生命故事用文字展现出来，都不禁被自己感动了。

《繁星点点》的"上篇"，以2015年10月13日"北大公益讲座第500场暨深圳第100场"庆典活动的录音整理文稿为主。庆典活动进行了近六个小时，来自海内外的21位志愿者在台上分享了自己与讲座的因缘和伴随成长的感悟，同时收录了10月12日在深圳举办的高端分享会的分享内容，以及纪念活动后一批志愿者写下的真挚动人的“500场感言”。这两场活动让大家更加坚定自己的相信，也激发了众多志愿者为自己而做的强烈信心。后续的感言，也对当时的盛况作了有益补充，500场的美好瞬间已经被这些文字锁定，必将传递给更多有缘人。

《繁星点点》的“下篇”，以志愿者在修行中的分享文章为主，那些个性化的真实发生，涉及生活的方方面面。其中，有志愿者在跟随讲座行进中的感悟，有与家人相处的故事，有个人经历的思想修炼与反思。这本书创下一个纪录：一家三代四人在同期发表分享文章，而作者中年纪最长的已经87岁，最年幼的只有10岁。大家在同一个平台上共修，各自做各自的功课，这就是北大公益讲座的魅力——有着无限延展的空间。

一直以来，我承担着每日梓林学长个人相册、微信公共平台以及讲座系列丛书的编辑整理工作。这些工作让我深刻体会到：帮助别人其实是成就自己。每天大量地阅读，修改志愿者的分享文章，从中锻炼并提升自己的敏锐思维和写作能力。看到大家享受着文字带来的乐趣，我也由衷地喜悦，也更加理解古语所云：“登高必自卑，行远必自迩。”所有的做都必须扎扎实实，循序渐进，对人真正有帮助，才可能走得更远！

《我们共同走过》系列丛书已经与多位志愿者约稿，希望在若干年内，大家能结集出版自己的专著：北京鲁瑞清学长的《瑞雪清江》，赣州张松文和刘念夫妇合著《文念共存》，深圳吕静学长的《静思静语》，深圳贺晓敏和冯亚光夫妇的合著《纳言敏行》，深圳付宝翠、何涛和何小河学长一家三口合著的《翠谷河涛》，深圳李大文、段杰夫妇合著的《行正文杰》，深圳王建芬学长的《芬芳四溢》，大余吴峰学长的《无峰不山——人生是一次次攀登》，还有很多很多的约定……而所有的这些约定都是荣耀自己、荣耀家人的机会。只有做，才会有；只要做，就会到！

北大公益讲座为每位志愿者插上了理想的翅膀，相信会有更多的志愿者，为了一个更好的自己，拿起手机或键盘，重温“文学梦”，留下真实隽秀的文字，在践行并传播“光明圆融善”生活态度的同时，享受自己的思想可以变成铅字的无穷乐趣——写出人生至美。

这是善的呼唤，这是爱的回应，爱让我们更加美丽，爱让我们才华横溢。在浩瀚无垠的星空中，繁星点点，相互照耀；心心相印，彼此成就。在生命的每一分钟，让我们拥抱更好的自己，让生命从此走向慧命！

2015年12月9日于深圳